KB114219

내 손끝의
탑스타

내 손끝의 탑스타 1

박꼴 장편소설

초판 1쇄 찍은 날 § 2017년 11월 16일
초판 1쇄 펴낸 날 § 2017년 11월 23일

지은이 § 박꼴
펴낸이 § 서경석

총괄팀장 § 최하나
편집책임 § 신보라
디자인 § 신현아

펴낸곳 § 도서출판 청어람
등록번호 § 제387-1999-000006호
등록일자 § 1999. 5. 31
어람번호 § 제1-2791호

주소 § 경기도 부천시 부일로 483번길 40 서경B/D 3F (우) 14640
전화 § 032-656-4452 팩스 § 032-656-4453
http://www.chungeoram.com
E-mail § chungeorambook@daum.net

ISBN 979-11-04-91514-7 04810
ISBN 979-11-04-91513-0 (세트)

내 손끝의 탑스타

박골 장편소설

FUSION FANTASTIC STORY

1

도서출판 청어람

Contents

프롤로그

    누군가 말했다. 인생은 선택과 후회의 연속이라고. 그리고 그 선택에 따른 후회는 누구에게나 존재한다. 하지만 후회의 무게가 누구에게나 공평한 것은 아니었다.

    적어도 36살의 김현우에게만큼은 후회의 무게가 너무나도 무거웠다.

    끼익.

    낡은 컨테이너 사무실의 문이 열리며 현우가 모습을 드러냈다. 훤칠한 체격의 현우는 금방 일용직 사내들의 눈에 띄었다.

"김 형! 오늘 망년회인 거 잊지는 않았지?"

"오늘은 빠지지 말고 참석 좀 하쇼. 엉?"

현우를 향해 일용직 사내들이 아쉬움 가득한 소리를 내뱉었다.

"죄송합니다. 다음번에 같이 한잔하시죠."

현우는 오늘도 일용직 사내들과 함께할 수 없었다. 사정을 익히 알고 있었기에 일용직 사내들도 더 이상 현우를 붙잡지 못했다.

"거 오늘은 어디 나이트클럽이유?"

이 씨의 물음에 현우는 대답 없이 그저 웃기만 했다. 하루 일당으로 먹고사는 사람들이다. 괜히 나이트클럽의 상호라도 가르쳐 줬다간 의리를 외치며 우르르 몰려와 하루 일당을 고스란히 탕진할 수도 있었다.

"술 적당히 드시고 들어가세요. 아셨죠?"

현우의 듣기 좋은 잔소리에 일용직 사내들이 고개를 끄덕거렸다.

부르릉. 몇 번의 시도 끝에 겨우 봉고차의 시동이 켜졌다. 덜덜덜거리는 엔진 소리와 함께 낡은 봉고차가 건설 현장을 벗어났다.

현우의 봉고차가 멈춰선 곳은 뒷골목의 3층짜리 낡은 건물 앞이었다. 건물 입구 1층엔 '기획사 어울림'이라 적힌 빛바랜 간판이 달려 있었다.

"후우."

빛바랜 간판을 보며 현우는 길게 한숨을 내쉬었다.

낮에는 건설 현장에서 계약 관리직으로, 밤에는 삼류 기획사의 사장으로 살아온 지도 어느덧 10년이 다 되어가고 있었다.

그렇게 세월은 흘렀고 현우도 30대 중반이라는 적지 않은 나이가 되어 있었다.

기획사를 운영하며 한 달에 남는 순이익은 100만 원도 되지 않았다. 그마저도 사무실 월세를 내고 나면 반으로 줄어들었다.

그럼에도 현우가 기획사 운영을 포기하지 못하는 까닭은 아버지에 대한 책임감과 죄책감 때문이었다.

현우는 어려서부터 트로트 가수들을 육성하며 밤무대를 전전하는 아버지를 창피하게 생각했다. 현우의 아버지는 고시 공부를 하는 형 진우 대신 막내아들인 현우가 어울림을 물려받기를 꿈꿨다.

하지만 현우는 삼류 인생을 살고 있는 아버지를 이해하지 못했다. 그래서 대학 졸업 후에는 아버지의 회사인 어울림이 아닌 S&H에서 로드 매니저 일까지 하며 철없는 반항을 했다.

그러던 중 아버지가 중국 대형 기획사로 위장한 유령 투자 업체에 사기를 당하고 말았다.

평범했던 집안은 한순간에 몰락해 버렸다. 충격을 받은 아버지는 뇌출혈로 쓰러지셨고, 고시 공부를 하던 형은 고시를 포기해야 했다.

하지만 현우는 유령 투자 업체에 사기를 당한 아버지를 원망할 수 없었다.

아버지가 무리하게 기획사를 확장하려 했던 이유가 자신을 창피하게 생각하는 막내아들을 위해서였다는 것을 어머니를 통해 전해 들었기 때문이다.

현우는 그날 처음으로 억장이 무너진다는 말을 이해할 수 있었다. 그리고 그날 이후로 결심했다.

아버지의 회사이자 아버지가 자신에게 물려주고 싶었던 기획사 어울림을 지켜내기로 말이다.

하지만 오랜 세월이 지난 지금 현우의 결심은 결실을 맺지 못한 상태였다.

갚아야 할 빚이 너무 많았다. 그리고 영세한 규모의 삼류 기획사에 눈길을 줄 가수들은 존재하지 않았다.

"하아."

모든 것이 후회로 남아버렸다.

잠시 말없이 서 있던 현우는 계단을 통해 반지하로 내려갔다. 백열등 하나만 달랑 켜져 있는 복도 끝에 다다른 현우가 문을 열어젖혔다.

반지하 특유의 곰팡이 냄새가 확 풍겼다. 열 평 남짓한 자그마한 사무실 안에서 두 사람이 현우를 기다리고 있었다. 40대 후반의 남녀였다.

미스코리아 파마에 새빨간 립스틱과 무대의상을 차려입은 중년 여성은 금방울이라는 예명의 트로트 가수였다. 그런 그녀의 옆에 파란색 정장을 차려 입은 중년 남성은 최훈도라는 예명의 트로트 가수였다.

금방울과 최훈도. 현우의 회사에 소속되어 있는 트로트 가수들이다. 삼류 기획사인 어울림과 마찬가지로 금방울이나 최훈도 역시 삼류 무명 가수에 속했다.

"현우 씨! 조금 늦었네?"

"죄송합니다. 일이 늦게 끝났어요. 많이 기다리셨어요?"

"아니야. 우리도 방금 막 왔어. 오늘은 어디야? 목련 나이트? 아니면 무궁화 클럽?"

금방울의 물음에 현우의 얼굴이 어두워졌다. 삼류 기획사 어울림을 찾는 밤무대는 평소에도 그리 많지 않았다. 특히 연말연시인 요즘에는 삼류 트로트 가수들보다는 고속도로 휴게소 테이프라도 내본 트로트 가수들을 찾았다.

"일단은… 섭외를 기다려 봐야 할 것 같습니다."

현우가 미안한 얼굴을 하며 말했다.

"연말이라 일당도 높아서 어디 땜빵 무대도 잡기 쉽지 않을 거야. 큰일이네… 나 오늘은 꼭 무대에 서야 한단 말이야."

"방울 양, 긍정적으로 생각하고 차근히 기다려 봅시다."

금방울을 최훈도가 달랬다.

하지만 시간이 흘러도 섭외 전화는 오지 않았다. 결국 낙담한 얼굴을 한 채 금방울과 최훈도가 사무실을 나섰다.

홀로 남은 현우는 낡은 의자에 몸을 묻었다. 이제야 피로가 몰려왔다. 몸이 천근만근이다.

그때 책상 위에 놓인 핸드폰이 드르륵 거렸다. 발신자를 확인한 현우의 눈동자가 커졌다.

손태명. 대학 시절 절친한 동기였다. 또 여러모로 인연이 깊은 친구이기도 했다. 한 달에 몇 번씩 문자로 근황을 주고받기는 했다. 그런데 이렇게 늦은 시각에 전화가 온 것은 뜻밖이었다.

―현우야. 나야, 태명이.

반가움과 함께 조급한 기색이 느껴졌다.

―현우야?

"어. 전화 받았다."

―갑자기 전화해서 미안한데 오늘 별일 없으면 나 좀 도와줄 수 있어?

현우의 예상대로였다. 어지간한 일로는 전화를 잘 하지 않던 손태명이었다.

현우는 잠시 고민했다. 대학 시절 동안에는 단짝이나 다름없던 친구였다. 하지만 10년에 가까운 세월 동안 현우는 일부러 손태명을 만나지 않았다.

굳이 이유를 찾는다면 열등감 탓이었다. 손태명이 대학을 졸업하고 S&H에 들어간 것은 모두 현우의 권유가 있었기 때문이다. 하지만 10년이 지난 지금 두 사람의 위치는 너무나도 달라져 있었다.

그래도 손태명은 그런 현우를 이해해 주고 늘 먼저 연락을 해주던 친구였다. 나름 용기를 내어 연락을 준 친구를 외면할 수는 없었다.

"그래. 무슨 일인데?"

─하아, 다행이다. 진짜 고맙다. 경황이 없어서 길게 말은 못 하고 우선 SBC 방송국으로 좀 와줄 수 있어?

"알았어. 방송국 도착해서 전화할게."

차키를 챙겨 든 현우는 사무실을 나섰다.

낡은 봉고차가 SBC 방송국의 정문 쪽으로 모습을 드러냈다. 어울림이라는 로고가 박힌 봉고차를 발견한 손태명이 황급히 다가왔다.

"야! 대체 얼마 만에 얼굴 보는 거냐!"

손태명이 현우를 와락 껴안고 등을 두들겼다. 현우도 반갑기는 마찬가지였다. 피곤에 찌들어 있던 현우의 얼굴로 미소가 번졌다.

"살 엄청 쪘는데? 얼마 전에 기획 팀장 됐다더니 좀 살 만한가 보다?"

"편하긴. 스트레스가 많으니까 맨날 회식으로 푸는 거지뭐. 그나저나 넌 옛날이랑 그대로다. 누가 너를 서른 살 넘은 아재로 보겠냐? 관리 좀 했냐?"

"관리는 무슨 관리냐. 그냥 유전자 탓이야."

"하하! 말로는 널 못 이긴다는 걸 잠깐이나마 잊었다. 자, 받아."

손태명이 주머니에서 차키를 하나 꺼내어 현우에게 주었다.

"회포는 다음에 풀기로 하고 우선 A주차 지역으로 가봐. 지유가 벤에서 기다리고 있을 거야. 자세한 이야기는 지유한테 듣고. 나는 그럼 가본다! 전화해!"

손태명이 황급히 방송국 안으로 사라졌다. 차키를 손에 쥔채 현우는 A주차 지역으로 향했다. 손태명의 말대로 새하얀벤 한 대가 주차되어 있었다.

철컥. 어색하게 운전석 문을 열고 들어가자 익숙한 얼굴이현우를 기다리고 있었다.

송지유였다.

올해 그녀의 나이는 30살로 현우와는 6살 터울이 났다. 송지유는 데뷔 3년차에 접어든 미녀 트로트 가수로 나름 인기를 끌고 있었다. 소속사는 3대 기획사 중 하나인 S&H 소속이었다.

"현우 오빠, 오랜만이네요."

"오랜만이다, 지유야. 여전히 예쁘구나."

"고마워요. 오빠는 많이 변했네요?"

"……."

송지유의 말에 현우는 입을 다물었다.

송지유는 패기만만하고 제멋대로였던 예전의 현우를 알고 있는 사람 중 한 명에 속했다.

하지만 지금의 현우는 그때와는 다르게 차분한 분위기를 풍기고 있었다.

"어디로 가면 되는 거야?"

"아, S&H 본사로 가주세요. 소속사 연말 파티가 본사에서 열려요."

"네 로드 매니저는 어쩌고?"

"어머니가 갑자기 응급실에 입원을 하셨대요. 그러니 어쩌겠어요. 당연히 가 봐야지."

현우는 담담히 고개를 끄덕였다.

"그럼 가자."

현우와 송지유를 태운 벤이 SBC 방송국을 벗어났다.

"차 좋네."

현우가 벤을 몰며 중얼거렸다.

너무 낡아 폐차 직전인 현우의 봉고차와는 수준이 달랐다. 그리고 현우의 중얼거림을 들은 송지유가 입을 열었다.

"그렇죠? 근데 아까 벤 안에서 잠깐 봤는데 혹시 초록색 봉고차 오빠가 운전한 거 맞아요?"

"맞아."

"진짜예요? 그 봉고차가 아직도 있을 줄은 몰랐어요. 예전에는 정말 많이 타고 다녔는데……."

송지유의 얼굴로 아련한 기색이 어렸다. 그리고 그런 송지유를 백미러로 확인하는 현우 또한 아쉬움으로 물들어 있었다.

'지유가 우리 회사에 남아 있었더라면 어떻게 되었을까?'

송지유가 처음 몸담았던 기획사는 지금의 S&H와 같은 거대 기획사가 아니었다.

현우의 아버지가 운영하던 어울림이 바로 송지유의 첫 기획사였다. 하지만 송지유는 어울림에서 데뷔를 하지 못했다. 어울림이 빚더미에 앉게 되면서 송지유까지 챙길 여력이 없었던 것이다.

어울림을 떠난 송지유는 27살의 늦은 나이에 정식 데뷔를 했다. 그리고 조금씩 인지도를 높여 S&H까지 들어간 대기만성형의 연예인이었다.

각자 생각에 잠긴 채 시간은 흘러갔다. 그러다 보니 어느새 S&H의 본사 앞으로 도착했다.

"오빠, 오늘 만나서 반가웠어요. 다음에는 사적인 자리에서 만나요. 태명 오빠한테 연락처 받아서 전화할 거니까 꼭 받아요. 알았죠? 연락 피했다간 가만두지 않을 거예요."

송지유가 사뭇 엄한 표정을 지어 보였다.

"그래, 알았다."

"그럼 조심히 가요!"

송지유가 손을 흔들며 멀어져 갔다. 그녀의 모습이 사라진 것을 확인한 현우는 물끄러미 S&H의 본사 건물을 올려다보았다.

대한민국 3대 기획사라는 명성에 걸맞는 어마어마한 규모의 건물은 연말 파티에 맞춰져 알록달록한 빛깔로 빛이 나고 있었다.

그 모습을 보고 있자니 현우는 마음 한편이 허전했다. 누군가가 그랬다. 12월은 가난하고 없는 자들에게는 더없이 잔인하고 가슴 시린 달이라고 말이다.

"……."

그리고 지금 현우는 그 말의 뜻을 뼈저리게 느끼고 있었다.

늦은 밤, 낡은 봉고차가 어둠으로 물든 도로를 달리고 있었다. 현우는 습관적으로 스마트 폰으로 손을 가져다 대었다.

연말 시상식이 한참이다. 작은 화면 속으로 현우의 세계와는 전혀 다른 세계가 펼쳐져 있었다.

화려한 드레스의 여배우들과 턱시도로 한껏 멋을 낸 남자 배우들.

그리고 요즘 인기를 끌고 있는 S&H 소속의 걸 그룹이 축하 공연을 시작했다.

화면 속 세상에는 박수와 환호성이 가득했다. SBC 방송국의 연기대상 시상식이니 아마 손태명도 저 어딘가에서 걸 그룹을 지켜보고 있을 것이다.

갑자기 끊었던 담배가 생각이 났다. 현우는 한 손으로는 운전대를 잡고 나머지 한 손으로 담배를 찾기 시작했다.

철컥. 조수석 서랍이 열리자 마침 담배 한 개비가 손에 잡혔다.

담배를 입으로 가져간 현우는 손으로 서랍을 뒤적거리다 이내 라이터가 없다는 사실에 헛웃음을 터뜨리고 말았다.

담배마저도 마음 놓고 피울 수 없었다. 허탈했다. 그리고 그 순간 낡은 봉고차가 기우뚱거리며 흔들리기 시작했다.

핸들을 바로잡으려 애를 썼지만 소용없었다. 제어를 벗어난 낡은 봉고차가 허공으로 붕 떠올랐다.

현우의 눈앞으로 지나왔던 세월이 필름처럼 펼쳐졌다. 현우의 인생에 큰 영향을 미쳤던 선택지가 수없이 지나갔다.

'난 평생 왜 이렇게 한심하게 살았을까? 왜 매번 겁먹고 도망만 쳐왔던 거지?'

뒤늦은 후회가 밀려왔다. 살고 싶었다. 다시 살 수만 있다면 이번에는 그 어떠한 것이라도 할 수 있을 것 같았다.

쾅!

그 순간 가드레일과 충돌한 낡은 봉고차가 종잇장처럼 구겨졌다.

1장

김현우! 면접을 보러 왔습니다!

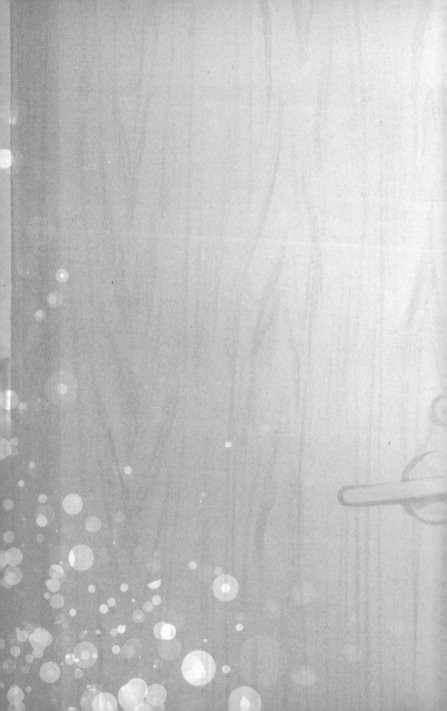

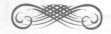

"으아악!"

비명과 함께 현우가 벌떡 일어났다. 침대 시트가 온통 땀으로 젖어 있었다.

현우는 다급히 자신의 몸을 만져보았다. 고통도 없었고 사지도 멀쩡했다.

현우가 빠르게 주변을 살펴보기 시작했다. 익숙해 보이는 원목 책상과 옷장, 그리고 벽에 걸린 전자시계에서 현우의 눈동자가 멈추어 버렸다.

고장이라도 난 걸까? 전자시계가 나타내고 있는 년도가 조금 이상했다. 아니, 정확히 10년 전을 가리키고 있었다.

문득 현우의 시선이 전자시계에서 옷장 옆 전신 거울로 향했다.

젊어져 있었다.

젊어진 건 얼굴뿐만이 아니었다. 분위기 자체가 달라져 있었다.

거울에 비친 것은 고단한 인생에 찌들어 있는 현우가 아니라, 자신만만하고 의욕이 넘치던 시절의 현우였다.

'이게 대체 무슨 일이지?'

현우로선 도저히 이해가 가지 않는 상황이 벌어져 있었다.

덜컥! 갑자기 방문이 열리며 단아한 분위기의 중년 여성이 모습을 드러내었다.

"아들! 안 일어나?"

"엄마?"

현우의 눈동자가 커졌다. 어머니 최정희 또한 묘하게 젊어 보였다.

"아들, 무슨 일 있어? 어디 아프니?"

최정희가 근심 어린 표정으로 현우에게 물었다.

막내아들은 마치 넋이 나간 것처럼 보였다. 정말로 그러했다. 현우는 지금 넋이 나간 상태였다.

분명 낡은 봉고차가 말썽을 일으켜 가드레일과 충돌했다.

그때 눈앞을 스치고 갔던 인생의 필름들이 아직까지도 생생한데…….

"…어… 엄마. 하나만 물을게요. 제가… 올해 몇 살이죠?"

"어머, 얘가 뚱딴지같은 소리를 하네? 너 26살이잖니. 엄마가 막내아들 나이도 모를까 봐? 어제 졸업식 뒤풀이에서 술 많이 마셨어? 아직 술 덜 깬 거니? 그럼 한숨 더 자고 나와! 하여간 세 부자가 똑같다니까."

짝! 최정희가 현우의 등판을 후려친 다음 방을 나갔다. 홀로 방에 남겨진 현우는 황당한 표정을 짓고 있었다.

'내가 10년 전으로 돌아왔다고?'

믿을 수가 없었다.

드르륵. 때마침 핸드폰이 울렸다. 현우는 반사적으로 핸드폰을 쥐었다.

─일어났어? 너 어제 작정하고 마시던데 괜찮은 거야?

"태, 태명이냐?"

─엉. 나지, 그럼 누구냐? 내일 S&H 면접 잊지 않았지? 나랑 지혜랑 같이 만나서 갈까?

"……."

─야? 자냐?

"아, 아니야. 일단 지혜랑 너랑 만나서 가. 난 알아서 할 테니까."

―네가 우리 끌어들인 거잖아. 책임을 져야지!

"아무튼 내가 다시 전화할게. 끊자."

―야, 야! 현우야!

툭. 통화가 끝이 났다. 손태명과의 전화 통화도 10년 전 그 날의 기억대로였다. 현우가 억지로 끌고 가기는 했지만 손태명과 이지혜는 대학 동기인 동시에 S&H의 입사 동기였다.

한참 동안 머리를 감싸 쥐던 현우가 어느 순간 고개를 들었다.

아무리 머리를 쥐어짜도 36살까지의 기억들이 꿈이라는 생각은 도저히 들지 않았다. 꿈을 꾸었다고 생각하기엔 그 세월들이 너무나도 생생했다.

결국 결론은 하나였다.

'난 과거로 돌아온 거다. 그것도 10년 전으로.'

완전히 믿을 수는 없었지만 지금으로서는 이렇게밖에 생각할 수가 없었다. 결론을 내자 복잡했던 현우의 머릿속이 그나마 맑아졌다.

방문을 열고 밖으로 나온 현우는 주방에서 요리에 열중하고 있는 최정희에게로 다가갔다.

과거로 돌아오기 전에는 뇌출혈로 쓰러진 아버지를 간병하느라 본인의 삶을 잃었던 어머니였다. 자기도 모르게 현우는 최정희의 어깨로 손을 가져갔다.

"얘가 징그럽게 왜 이래? 현우야, 혹시 용돈 필요해?"

어깨를 주무르고 있는 막내아들을 향해 의아한 목소리로 최정희가 물었다. 목이 메어서 현우는 쉽사리 대답을 할 수가 없었다.

"진우가 저녁 먹으러 온다니까 오늘은 약속 잡지 마렴. 오랜만에 형이랑 먹는 저녁이잖아. 알았지?"

"네. 오늘은 꼭 집에 있을게요."

"엄마는 괜찮으니까 방에 가서 더 자, 아들."

최정희의 목소리는 다정하고 따듯했다.

방으로 돌아온 현우는 책상에 앉아 커다란 노트북의 전원을 켰다. 인터넷에 접속하자 정말 신기하게도 10년 전에나 봤던 인터넷 기사들이 주르륵 펼쳐졌다.

정치부터 스포츠, 연예란을 살펴보던 현우는 중요한 사실을 하나 깨달았다. 전부는 아니었지만 굵직굵직한 사건들의 미래를 기억하고 있었다.

특히 연예란의 기사들은 더욱 그러했다. 다음 달에 개봉되는 영화의 흥행 여부와 곧 컴백하는 남자 아이돌 그룹의 성공 여부까지 모든 것들이 생생하게 기억이 났다.

'생각보다 엄청난 일이 벌어졌어.'

한정적이긴 하지만 미래를 안다는 것은 강한 희열을 느끼게 했다. 문득 현우에게 한 가지 화두가 던져졌다.

다시 얻게 된 삶, 과연 무엇을 할 것인가? 여러 갈래의 선택지가 떠올랐다.

하지만 답은 하나였다. 매니지먼트. 어린 시절부터 현우가 동경해 왔던 꿈이었다.

과거로 돌아오기 전에는 불가능했던 꿈이었지만 과거로 돌아온 지금이라면 가능성은 충분했다.

'다시 주어진 삶이야. 같은 실수는 반복하지 않는다!'

* * *

간장 불고기와 수육, 그리고 꽃게가 들어간 해물 찜이 저녁 메뉴의 메인이었다.

아버지 김형식과 어머니 최정희, 그리고 형 김진우를 바라보며 현우는 밥을 먹는 둥 마는 둥 했다. 아무런 걱정 없이 가족들과 밥을 먹는 것이 참으로 오랜만이라 가슴이 뛰었다. 특히 뇌출혈로 쓰러져 폐인이 되었던 아버지의 건강한 모습을 보고 있자니 감회가 남달랐다.

"……."

무슨 말이라도 했다간 감정이 북받쳐 오를까 봐 현우는 수저만 놀리고 있었다.

하지만 반대로 아버지 김형식은 현우의 눈치를 살피고 있었다. 아내로부터 내일 현우가 S&H에 면접을 보러 간다는 사실을 전해 들었기 때문이다.

"현우야."

"예, 아버지."

"그 뭐냐, 면접 준비는 잘되어가고?"

"준비는 다 했어요."

"그, 그러냐?"

태연한 아들의 대답에 김형식은 오히려 당황했다.

며칠 전까지만 하더라도 두 부자는 S&H 면접을 두고 얼굴을 붉혔다. 하지만 현우는 며칠 전의 일을 다 잊은 듯 보였다.

아버지로서 괜스레 마음이 아팠다. 멀쩡히 4년제 대학까지 나온 아들을 삼류 기획사나 마찬가지인 어울림으로 불러들인다는 것 자체가 미안했다. 아들은 S&H와 같은 거대 연예 기획사를 원하고 있었다.

결국 김형식은 아들의 결정을 존중해 주기로 마음을 먹었다.

"면접에 꼭 붙었으면 좋겠구나."

"여보, 진심이에요?"

최정희가 걱정스러운 얼굴로 김형식을 쳐다보았다. 말은 저렇게 해도 남편이 얼마나 서운할지 짐작이 갔다. 잠시 생각에 잠겼던 최정희가 현우를 보며 입을 열었다.

"아들. 아버지 말씀이 무슨 뜻인지 알지? 아버지를 생각해서라도 내일 꼭 면접에 붙어야 해. 알겠니?"

"네. 걱정하지 마세요. 제가 면접에서 떨어질 일은 없을 거예요."

"오늘따라 자신감이 넘치는데? 면접 망치면 신림으로 와라. 형이 술 한잔 사줄 테니까."

형 김진우가 피식 웃으며 말했다. 오랜만에 보는 형의 유쾌한 모습에 현우도 픽 웃어버렸다.

"그럴 일은 없어, 형."

"사람 일은 모르는 거다."

"맞는 말이지. 근데 나는 좀 알 것 같거든."

"그럼 이 형은 어떻게 될 것 같은데?"

김진우의 물음에 웃고 있던 현우의 얼굴이 진중해졌다. 과거로 돌아오기 전 망해 버린 집안 때문에 형은 고시를 포기하고 형수와 작은 식당을 운영했다. 그리고 형제는 늘 빚에 허덕이며 살아야 했다. 하지만 암울한 미래는 이제 존재하지 않는다.

"형? 무조건 고시 합격해야지. 형은 그냥 공부만 해."

"나머진 네가 알아서 하고?"

"그렇지."

"뭔 헛소리야? 아직도 취해 있냐?"

김진우가 어이없다는 얼굴로 동생 현우를 바라보았다.

＊　　　＊　　　＊

"다녀오겠습니다!"

"아들! 잠깐만 기다려!"

현관으로 최정희가 급히 다가왔다.

남색 계열의 정장을 말끔히 차려 입은 현우를 보며 최정희가 만족스러운 얼굴을 했다.

"누구 아들인지 참 잘났다."

"최정희 씨 막내아들이잖아요."

"맞아! 그랬지? 혹시 면접관 중에 여자는 없니?"

"아마도요?"

현우와 최정희 모자가 서로를 바라보며 웃었다. 어머니 최정희의 밝은 모습이 현우는 마냥 좋기만 했다.

마지막으로 최정희가 현우의 넥타이를 고쳐 매주었다.

"다 됐어. 아들, 면접 잘 보고! 엄마한테 먼저 전화해. 알았니?"

"네. 그렇게 할게요. 다녀오겠습니다."

최정희는 집 앞 대문까지 마중을 나왔다. 손을 흔드는 최정희를 잠시 뒤돌아보다 현우는 성큼성큼 걸음을 옮겼다.

드르륵. 귀신같은 타이밍에 손태명으로부터 전화가 왔다.

"왜?"

─너 어디야? 어젯밤에 전화는 왜 안 받았어?

"피곤해서 일찍 잤다. 넌 어딘데?"

─난 지혜랑 만나서 S&H로 가고 있지. 너도 늦지 않게 와. 기다릴 테니까.

"난 좀 늦을 수도 있으니까 지혜랑 먼저 면접장으로 들어가 있어."

─알았다.

툭. 핸드폰을 바지 주머니로 넣은 다음 현우는 볼을 긁적였다. 손태명과 이지혜에게 조금은 미안한 마음이 들었다.

"후우."

말끔한 정장 차림의 현우가 기획사 건물 앞에 멈추어 숨을 골랐다.

익숙한 건물이었지만 왠지 모르게 긴장이 되었다. 옷매무새를 점검한 다음 현우는 기획사의 문을 열어젖혔다.

"아니, 정수기 필요 없다고 몇 번을 말해요?! 우리 회사는 보리차 끓여 먹는다고 했잖아요!"

문을 열고 들어간 현우를 맞이한 것은 경리 아가씨의 뾰족한 목소리였다.

"어? 누… 누구세요?"

당황한 얼굴로 경리 아가씨가 손에 들고 있던 보리차 티백을 허리 뒤로 숨겼다. 말끔하게 정장을 차려입고 나타난 현우를 위아래로 살펴보는 것도 잊지 않았다.

"정수기는 아니고 면접을 보러 왔는데요?"

"면접이요? 그런 이야기는 들어본 적 없는데? 자, 잠시만요! 삼촌들! 아무나 와보세요! 빨리요!"

경리 아가씨의 뾰족한 음성이 다시 사무실 안을 울렸다. 뒤이어 사무실 여기저기에서 중년 남성들 몇 명이 모습을 드러내었다. 화려한 옷차림의 중년 남성들은 현우를 바라보며 고개를 갸우뚱했다.

"미스 최, 저 청년은 누구야?"

"저도 모르겠어요. 면접을 보러 왔다고 하는데요? 혹시 삼촌들 중에 이분 아시는 분 있으세요?"

미스 최가 물었지만 아무도 손을 들지 않았다. 이들 중에 현우를 아는 사람은 단 한 명도 없었다. 알 리가 없었다. 회귀 전이면 모를까 지금의 현우는 이곳에 단 한 번도 찾아온 적이 없었다.

미스 최에게 처음 질문을 했던 중후한 체구의 남훈이 현우에게 말을 걸었다.

"면접이라고? 자네 혹시 가수인가?"

"아뇨. 노래는 잘 못 부릅니다."

"그럼 우리 회사를 찾아올 사람은 아닌 것 같은데, 혹시 잘 못 찾아온 것 아닌가?"

"아닙니다. 제대로 찾아온 것 맞습니다."

태연한 현우를 보며 미스 최와 남훈을 비롯한 사람들은 의문에 휩싸였다. 딸랑. 방울이 흔들리며 유리문이 열렸다.

"사장님! 오늘 면접 보기로 한 사람 있어요?"

"아니, 없는데?"

"네? 그러면 이분은 대체 누구신데요?"

미스 최의 말이 끝나기를 기다렸던 현우가 몸을 돌렸다.

유리문을 등지고 있던 김형식이 놀란 얼굴을 했다.

말끔하게 정장을 차려입은 막내아들 현우가 바로 앞에 서 있었다.

"너 면접 보러 간 거 아니었어?"

"면접 보러 왔잖아요, 아버지. 아, 죄송합니다."

현우가 사무실의 중앙으로 걸어갔다. 그리고 김형식을 똑바로 쳐다보며 입을 열었다.

"김형식 사장님, 오늘부터 어울림에서 매니저로 일하고 싶어서 찾아왔습니다. 면접 볼 수 있습니까?"

기획사 어울림의 사무실, 본격적인 면접이 시작되었다.

"우리 회사에 들어오기로 한 동기가 있나?"

첫 질문의 주인은 어울림의 사장인 김형식이었다.

아버지로서의 김형식은 존재하지 않았다. 대신 어울림의 사장으로서 김형식은 진중한 얼굴을 하고 있었다. 김형식은 현우가 평소에 선망하던 S&H가 아닌 어울림을 선택한 이유를 알고 싶었다.

"어려서부터 아버지께서 기획사를 운영하셨습니다. 트로트 가수들이 소속된 작은 기획사였죠. 덕분에 어렸을 적에는 친구들한테 놀림도 많이 받았습니다. 그래서 아버지를 창피하게 생각했습니다. 그런데 꽤 오랜 시간이 지나 깨달았습니다. 제가 생각이 짧았다는 것을요."

"생각이 짧았다는 말을 정확하게 설명해 줄 수 있나?"

"삼류 기획사, 삼류 가수라고 해서 그 사람의 인생까지 삼류는 아니라는 것을 깨달았습니다. 제가 생각을 잘못하고 있었던 거였죠."

현우의 얼굴로 회한의 감정이 얼핏 스쳐갔다. 과거로 돌아오기 전의 세월들이 아니었다면 대단할 것도 없는, 이 작은 사실을 깨닫지 못했을 것이다.

"......."

현우의 진심을 전해 들은 김형식은 의외의 대답에 크게 놀랐다. 늘 제멋대로에 이기적이던 작은 아들이 하룻밤 사이에 어른이 다 되어 있었다.

"어떤가?"

괜스레 김형식이 남훈에게 대답을 떠넘겼다.

"어떻기는? 더 볼 것도 없이 면접 합격이지. 다들 나랑 같은 생각 아닌가?"

이번에는 남훈이 동료들에게 물었다.

"현우라고 했나? 마음에 드는 청년이야."

"그러게. 요즘 젊은이 같지 않아."

삼류 트로트 가수지만 한 가정의 가장인 그들이었다. 삼류 트로트 가수일지언정 그대들의 삶은 삼류가 아니라고 말해주는 현우에게 다들 큰 감명을 받은 상태였다.

"그럼 마지막 질문을 하지. 우리 어울림에서 목표로 하고 있는 것이 있나?"

김형식이 현우에게 물었다. 그리고 김형식의 질문에 현우의 얼굴로 결연함이 어렸다.

"어울림을 S&H, JG, JYB 같은 3대 기획사와 어깨를 나란히 하는 기획사로 키우고 싶습니다. 그게 제 일차적인 목표입니다."

"……"

"……"

현우의 포부 넘치는 대답에 사무실로 정적이 어렸다.

불혹이 훨씬 지난 나이라고 해서 3대 기획사를 모르는 것은 아니었다. 그런데 이제 갓 대학을 졸업한 현우가 어울림을 3대 기획사와 똑같은 반열에 올려놓겠다고 말하고 있었다.

"허허. 그것참 패기가 보통이 아니군."

남훈과 동료들은 황당함에 그저 허허 웃기만 했다.

오직 김형식 사장만이 무거운 얼굴로 현우를 바라보고 있었다.

현우가 자신만만한 성격이라는 것은 예전부터 알고 있었다. 하지만 허황된 말을 하는 아이는 절대 아니었다. 그렇다는 것은 현우가 단단히 결심을 했다는 뜻이 된다.

"진심인가?"

"네. 진심입니다, 사장님."

김형식과 현우의 시선이 허공에서 맞닿았다. 현우는 김형식의 시선을 피하지 않았다. 결국 김형식이 고개를 끄덕거렸다.

"그럼 한번 믿어보겠네. 아, 그리고 면접은 합격일세."

"감사합니다! 실망하지 않으실 겁니다!"

현우가 자리에서 일어나 꾸벅 고개를 숙여 보였다.

*　　　*　　　*

기획사 어울림은 신촌과 홍대에서 그리 멀지 않은 마포구 연남동의 뒷골목에 자리를 잡고 있었다. 어울림이라는 새하얀 간판이 달린 작고 낡은 이 3층짜리 건물이 바로 어울림의 전신이었다.

3층 사무실의 문을 열고 현우가 모습을 드러내었다. 3층 사무실은 어울림 소속 트로트 가수들의 무대의상과 소품들, 그리고 각종 비품들로 가득 들어차 있었다. 창고나 다름없었지만 현우는 만족스러웠다. 과거로 돌아오기 전, 현우가 운영했던 어울림은 인천의 변두리에 위치한 10평짜리 반지하 사무실이었다. 그에 비하면 이 정도도 충분하다는 생각이 들었다.

잠시 사무실을 둘러보던 현우는 책상으로 가 앉았다. 일단 어울림의 지리적 위치는 나쁘지 않았다.

신촌과 홍대, 마포, 여의도 일대의 무대로 소속 트로트 가수들을 공급하기가 수월했다. 또한 이때까지만 해도 연남동은 개발이 덜 이루어진 지역에 속했다. 건물 월세도 주변에 비하면 저렴했다.

똑똑.

노크 소리와 함께 문이 열렸다. 미스 최, 그러니까 어울림의 유일한 사무직원이자 회계 경리인 최경미였다.

"현우 씨가 부탁한 것들이에요."

나긋나긋한 목소리가 정수기는 필요 없다며 고래고래 소리를 지르던 때와는 많이 달랐다.

"고마워요, 경미 씨."

웃음기를 머금은 채로 현우는 최경미가 가져다준 회계장부를 살펴보기 시작했다.

어울림은 영세한 기획사에 속했다. 그리고 영세한 기획사답게 회계장부도 별로 볼 것이 없었다. 수익과 지출이 분명했고 눈속임 같은 것도 없었다.

"문제는 순이익인데 말이야."

현우는 턱을 쓰다듬며 혼잣말을 중얼거렸다.

한 달에 남는 순이익은 소속 가수들의 정산과 건물 임대료를 제외하곤 겨우 300만 원에서 400만 원 정도였다. 직장을 다니거나 자영업을 하는 위치라면 적은 돈은 아니었다. 하지만 어울림은 어엿한 기획사였다. 소속 트로트 가수가 8명이나 되는데 순이익이 너무 적었다.

"하아. 이제 나까지 들어왔으니 88만 원만 월급으로 잡아도 300만 원도 남지 않겠구나. 엄마가 한 소리 하겠어."

어디 그뿐인가. 연예 기획사의 특징상 꾸준한 매출을 기대하기는 힘들었다.

과거로 돌아오기 전, 현우도 각종 변수 때문에 어울림을 유지하는 데 어려움을 겪었다. 순간 아버지를 창피하게 생각했던 스스로가 부끄러워졌다.

현우가 의자 뒤로 몸을 묻었다. 갑자기 생각이 더 많아졌다.

"하하. 장부랑 이것저것 보여달라더니 그새 지친 거냐? 뭔 한숨을 그렇게 크게 쉬어?"

"사장님?"

"그냥 아버지라고 불러라. 직원도 너랑 경미가 전부인데 사장은 무슨. 그건 그렇고 어떠냐?"

막상 물어보기는 했지만 김형식은 두려웠다.

현우에게 소속 가수들을 소개해 주고 회계장부마저 보여주었다.

뭐랄까. 아들에게 자신의 치부를 보여주는 것 같아 부끄럽기 짝이 없었다. 과연 현우가 어떠한 평가를 내릴지 긴장이 되었다.

"생각했던 것보다 훌륭합니다."

"정말이냐?"

의외의 대답에 김형식은 머리를 긁적였다. 어떻게 보면 지금까지 구멍가게처럼 주먹구구식으로 운영을 해온 것이나 마찬가지였다.

"솔직히 말씀드리면 무명 트로트 가수들을 데리고 이 정도까지 회사를 운영하기가 쉬운 건 아니거든요. 이 장부만 봐도 한 번도 매출이 마이너스가 된 적은 없었어요. 최악의 상황에서 최선을 다하신 거죠, 아버지는."

회계 장부를 덮으며 현우가 말했다.

"현우야."

"네, 아버지."

"너 하루 사이에 대체 무슨 일이 있었던 거냐?"

"……"

턱 말문이 막혔다. 10년 정도 산전수전 다 겪고 다시 과거로 돌아왔어요, 라는 말이 목 끝까지 차오르다 내려갔다.

"뭐 그냥 철이 든 거죠."

"싱거운 녀석."

김형식은 대견한 얼굴로 현우를 바라보다 맞은편으로 다가와 앉았다.

"너도 알다시피 우리 어울림은 영세한 구멍가게나 마찬가지야. 소속 가수들도 무명 트로트 가수들이 전부다. 이런 곳에서 현우 네가 할 일이 있을까 싶구나. 지금이라도 S&H로 가거라. 면접까지 아직 시간은 충분하다."

3대 기획사와 버금갈 정도로 회사를 키우겠다는 아들의 포부는 훌륭했다. 하지만 아들이 어울림에서 일을 시작하며 현실을 마주하게 되고 자신과 같은 좌절을 겪을까 김형식은 걱정이 앞섰다.

그리고 그런 김형식의 속내를 현우가 모를 리가 없었다.

"S&H로 갔다면 모든 것들이 더 쉬웠겠죠. 그런데 말이죠. 내 것도 아닌 남의 회사에서 죽도록 일해 봤자 그쪽 좋은 일만 하는 셈이에요. 아버지, 자세한 이야기는 말씀드리지 못하지만 저 이번에는 진짜로 자신 있습니다. 5년만 기다려 주세요. 어울림 명예 회장님 만들어 드릴 테니까요."

어느새 현우는 두 주먹을 굳게 쥐고 있었다.

"그럼 사장은 현우 너고?"

"뭐, 그렇죠."

"하하!"

김형식이 크게 웃었다. 현우를 비웃는다거나 허황되다 생각하는 것이 아니었다. 현우가 가지고 있는 확신이 왠지 모르게 신뢰가 갔다.

김형식이 자리에서 일어나 현우의 어깨를 잡았다.

"그럼 이 아버지가 뭘 해줬으면 좋겠냐? 변변찮은 아버지이지만 이번만큼은 현우 너에게 힘을 실어주마."

현우는 천천히 고개를 저었다.

"3층 사무실을 내어주신 것만으로도 충분합니다."

"3층이야 원래 창고 용도로 쓰던 곳이다."

"충분합니다. 그 대신… 딱 한 명만 저에게 주세요."

현우의 말에 김형식이 고개를 갸웃했다.

어울림에 소속된 트로트 가수는 8명이었고, 남성 트로트 가수 네 명에 여성 트로트 가수가 네 명이었다. 그리고 이들 중 어울림을 대표하는 트로트 가수는 남훈이라 할 수 있었는데 남훈도 지역 민방에 서너 번 출연해 본 것이 전부였다.

"혹시 남훈을 말하는 거냐?"

"아뇨."

"그럼 누군데?"

"송지유. 그 아이를 저에게 주세요."

"지유?!"

김형식의 눈동자가 어느새 커져 있었다.

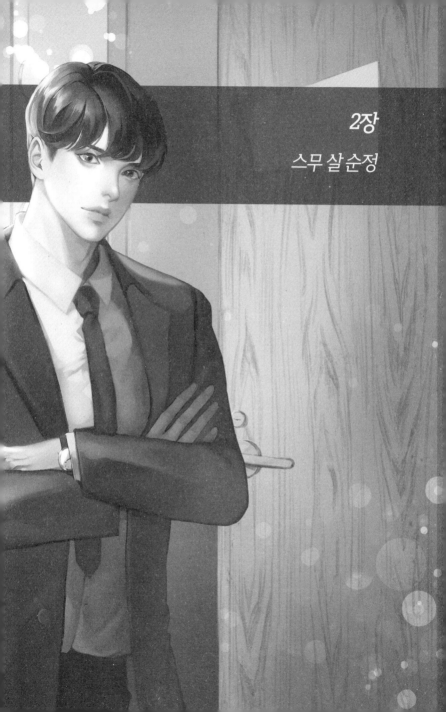

2장

스무 살 순정

송지유라면 지난달 불쑥 회사에 찾아와 트로트 가수를 시켜달라고 말했던 당돌한 여자아이였다. 회사를 찾아오는 것까지는 뭐라고 하지 않았지만 아직까지는 신경을 쓸 겨를이 없었다.

"네가 지유를 어떻게 알고 있어?"

순간 현우는 아차 싶었다. 아무리 아버지라 해도 10년을 거슬러 과거로 돌아왔다고 사실대로 말할 수는 없었다.

"그냥 엄마가 이야기해 주시던데요?"

천연덕스럽게 현우는 거짓말을 해버렸다.

"그래? 내가 그런 이야기까지 했었나?"

기억을 떠올리려 했지만 애당초 그런 말을 한 적이 없으니 기억할 것도 없었다.

"어쨌든 지유를 네가 키워보겠다고?"

"네. 그럴 생각입니다."

"이제 겨우 스무 살짜리 아이다. 현우야, 트로트를 쉽게 보면 안 된다."

김형식이 우려 섞인 표정으로 말했다.

"저도 알고 있습니다."

김형식 못지않게 현우도 트로트라는 장르를 잘 이해하고 있었다.

트로트가 가장 대중적이고 쉽게 접할 수 있는 장르인 것은 확실했다.

무명 가수들 중에도 트로트 가수들이 가장 흔했다. 그래서 대중들은 트로트를 뽕짝이라 부르며 무시하는 경향이 있었다.

하물며 트로트를 부르는 가수들도 트로트라는 장르를 쉽게 보았다.

하지만 트로트의 끝을 본 가수는 극히 드물었다. 그리고 트로트라는 음악의 끝을 본 가수들은 하나같이 오랜 세월이 지나도 사람들의 기억에 남게 된다.

섬마을 아가씨의 이숙자, 낡은 기찻길의 나운아, 비 내리는 오작교의 주란미. 그리고 가왕이라 불리던 조필오의 돌아와요 목포항이라는 히트곡이 아직까지도 회자되고 있었다.

국민 가수인 이숙자의 경우 40년이 훌쩍 지난 지금까지도 그 구슬픈 목소리를 듣기 위해 수많은 사람들이 공연장을 찾고 있다.

다시 말해 트로트는 입문은 쉬워도 그 끝을 쉽게 맛볼 순 없는 그런 장르의 음악이었다.

현우는 과거로 돌아오기 전의 송지유를 알고 있었다.

어울림이 망해 버린 까닭에 7년의 세월을 무명으로 전전했다.

하지만 결국 27살에 데뷔를 하여 S&H 소속의 트로트 가수까지 된 그녀였다.

현우가 송지유에게 이숙자나 주란미 같은 전설적인 여가수가 되기를 원하는 것은 아니었다.

삼류 기획사 어울림과 과거로 돌아온 현우에게 성공의 발판을 만들어주는 것만으로도 송지유의 역할은 충분하다.

현우가 생각에 잠겨 있는 사이 김형식은 이미 결정을 내린 상태였다.

"좋다. 지유는 네가 전담으로 맡아서 한번 키워봐."

어울림 건물 앞의 공터로 초록색 봉고차가 두 대나 주차되어 있었다.

똑같은 모델이었지만 현우는 단번에 마지막 순간을 같이했던 봉고차를 알아보았다.

"이럴 땐 정말이지 신기하다니까."

10년이라는 세월을 거슬러 돌아온 만큼 봉고차도 말끔해져 있었다.

"이번에도 잘 부탁한다."

부르릉. 손쉽게 시동이 걸렸다. 현우를 태운 봉고차의 목적지는 송지유가 다니고 있는 홍인대학교의 정문이었다.

홍인대학교로 당도한 현우는 봉고차에 기대어 정문으로 나오는 대학생들을 뚫어져라 살펴보았다.

"슬슬 나올 때가 된 거 같은데."

연락처가 없어 무작정 대학교로 찾아온 현우였다.

하지만 오랜 시간을 기다렸음에도 송지유의 모습은 보이지 않았다. 정문으로 나오는 대학생들의 숫자가 점점 줄어들 무렵, 저 멀리 걸어오고 있는 여대생 한 명이 현우의 시선을 끌었다.

'송지유다.'

현우는 대번에 송지유를 알아보았다. 거리가 점점 가까워질수록 현우는 혼란에 빠졌다.

'이렇게까지 예뻤다고?'

과거로 돌아오기 전의 송지유도 미녀 트로트 가수라는 수식어를 달고 있었다.

하지만 지금 현우를 향해 걸어오고 있는 20살의 송지유는, 30살의 송지유와는 현격한 차이를 보이고 있었다. 단순히 나이 탓이 아니었다.

계란형의 갸름한 얼굴과 짧은 턱, 새하얀 피부, 커다란 눈동자, 분홍색 입술. 마지막으로 검은색 생머리가 허리춤까지 흘러내리고 있었다.

거기다 차갑고 도도한 분위기에 고전미까지. 그야말로 미소녀라 할 수 있었다.

스키니 진에 캔버스화, 아이보리색 스웨터의 간단한 옷차림을 하고 있었지만 오히려 그런 송지유에게 대학생들의 시선이 쏟아지고 있었다.

'때 묻지 않았을 때라 이건가.'

나름대로 현우가 내린 최선의 결론이었다.

정문을 빠져나온 송지유가 어울림 로고가 새겨져 있는 봉고차를 발견했다.

"혹시 저를 찾아오신 건가요?"

신장 차이 탓에 송지유가 현우를 올려다보며 물었다. 현우는 고개를 끄덕거린 다음 입을 열었다.

"송지유. 네 이름 맞지?"

"네, 맞아요. 어울림에서 오신 거예요? 처음 보는 얼굴인데……?"

송지유가 말끝을 흐렸다.

당연했다.

직원이라고는 경리를 보는 여직원 하나가 전부인 어울림이었다. 그런데 멀쩡하게 생긴 남자가 어울림의 로고가 박힌 봉고차를 끌고 왔으니 충분히 의심할 만했다.

"오늘부터 어울림에서 일하기로 한 김현우다."

"아! 그렇구나."

현우의 소개를 듣고 나서야 송지유는 경계심을 풀었다.

"반갑다."

"송지유예요. 잘 부탁드릴게요."

현우가 손을 내밀었지만 반대로 송지유는 고개를 꾸벅 숙여 보였다.

현우와 송지유가 서로를 바라보며 멋쩍게 웃었다.

봉고차는 홍인대학교를 빠져나와 어울림으로 향했다. 현우는 조수석에 앉아 있는 송지유를 힐끗 살펴보았다.

송지유는 트로트를 흥얼거리고 있었다. 그러다 갑자기 송지유가 운전석 쪽으로 고개를 돌리는 바람에 현우와 눈이 마주쳤다.

"할 말 있으세요?"

"아니. 없어."

"뚫어져라 쳐다보는 것 같던데요?"

"그냥 뭐 옛날 생각이 나서."

선문답 같은 대답에 송지유가 고개를 갸웃거렸다.

"전 오늘 아저씨 처음 보는데요?"

"나도 너 오늘 처음 본다. 그리고 아저씨라니 나 아직 26살이야. 정정 좀 해줄래?"

"네, 아저씨."

어이가 없어 현우는 픽 웃고 말았다. 현우가 웃자 송지유도 덩달아 입을 가리고 웃었다.

차갑고 도도해 보이는 외모와 다르게 장난기가 제법 있는 송지유였다. 그런 송지유의 성격을 익히 알고 있었기에 별로 놀라운 것은 없었다.

다만 송지유가 어울림의 로고가 박힌 봉고차에 타고 있다는 사실에 현우는 감회가 남달랐다. 과거로 돌아오기 전이었다면 송지유는 S&H의 벤에 탔을 것이니 말이다.

어느새 봉고차는 어울림 건물 앞으로 도착했다. 현우는 송지유를 데리고 3층 사무실로 올라갔다. 무대의상들과 소품으

로 가득해 엉망이었던 3층 사무실은 나름 구색이 갖춰진 상
태였다.

"여기 창고 아니었어요?"

"내가 청소 좀 했다."

현우의 말에 송지유의 눈동자가 깊어졌다.

"아저씨가 이 사무실을 쓰시는 거예요?"

"당분간이야. 성과가 없으면 그때는 바로 사무실 뺄 거다."

김형식이 3층 사무실을 빼라고 할 리는 없었다.

그저 각오를 다지기 위한 현우의 다짐이라 할 수 있었다.
정장 상의를 의자에 아무렇게나 던져 두고 현우는 책상에 앉
았다.

"너도 앉아."

현우의 말에 3층 사무실을 둘러보던 송지유가 의자에 앉
았다.

책상을 사이로 현우와 송지유가 서로를 마주했다. 부산스
러웠던 분위기가 슬슬 차분해져 갔다.

"트로트 가수가 되고 싶다고 무작정 찾아왔다면서?"

"네. 맞아요. 전 트로트 가수가 되고 싶어요."

"이유가 뭔데?"

현우가 물었다.

과거로 돌아오기 전 현우가 송지유와 함께한 시간은 겨우

보름 정도였다.

회사를 정리하느라 제대로 인사도 못 한 채 송지유는 어울림을 떠났다. 그러했기에 현우는 송지유에 대해서 알고 있는 것이 거의 없었다.

"……."

현우의 질문에도 송지유는 대답을 하지 못했다. 현우는 망설이고 있는 송지유의 표정을 읽었다. 무언가 쉽게 말하지 못할 사연이 있음이 분명했다.

현우의 눈동자가 빛났다.

"넌 트로트 가수와는 어울리지 않아."

"제가 나이가 어려서요?"

대번에 송지유가 반문했다. 현우는 고개를 저었다.

"아니. 음악에 연륜이 중요한 건 사실이지만 나이가 어리다고 해서 가수를 못 한다는 건 아니야. 다만 매니지먼트적인 입장에서 말하자면, 넌 트로트 가수보다는 아이돌이나 연기자가 더 어울려."

"그쪽도 제가 제일 듣기 싫어하는 말을 하시네요."

송지유의 얼굴이 굳어졌지만 현우는 아랑곳하지 않고 말을 이어갔다.

"매니지먼트에 종사하는 사람이라면 누구나 이렇게 말할 거야."

"……"

분홍색 입술을 앙 다문 송지유는 주먹까지 굳게 쥔 상태였다.

그런 송지유를 현우는 말없이 바라만 보았다. 사실 현우가 송지유에게 마음에도 없는 이야기를 한 것은 의도적이었다. 현우는 송지유가 트로트 가수를 꿈꾸는 이유를 듣고 싶었다.

송지유는 과거로 돌아오기 전에도 트로트 가수를 꿈꾸었던 이유를 그 어느 연예 프로에서도 말하지 않았다. 송지유에게 올인을 해야겠다고 마음먹은 이상 의혹이 있다면 미리 알고 싶다는 것이 현우의 진짜 속내였다.

'내가 너무했나?'

현우는 송지유의 눈치를 살폈다. 아름다운 얼굴로 분한 기색이 가득했다.

그래도 이왕 미끼를 던졌으니 남자라면 끝을 봐야 한다는 생각이 들었다.

"너도 알다시피 우리 기획사는 삼류 수준이야. 단순히 무대 몇 번 서서 돈을 벌려는 생각이었다면 네가 생각을 잘못한 거다. 트로트 무대라고 해도 아무나 서는 게 아냐. 또 일당도 그리 크지 않아. 차라리 지금이라도 큰 기획사를 찾아가 봐."

말을 내뱉고도 현우는 심장이 철렁했다.

'미친! 너무 세게 나갔다. 진짜 가버리면 어떻게 하지?'

삼류 기획사 어울림을 성장시킬 유일한 동아줄인 송지유에게 다른 기획사를 찾아가라는 말을 해버리고 말았다. 현우는 송지유가 무슨 말을 할까 가슴이 쿵쾅거렸다.

잠시 고개를 숙이고 있던 송지유가 현우를 응시했다.

다행히도 다른 기획사를 찾아간다는 말은 할 것 같지 않았다.

"꼭 만나야 할 사람이 있어요. 여기까지만 말할게요. 더 이상은 말 못 해요."

"그, 그래. 그렇구나."

생각지도 못한 대답에 현우는 당황스러웠다.

꼭 만나야 할 사람이 있기 때문에 트로트 가수를 해야 한다니. 상당히 뜬구름 잡는 말이었다.

'복잡한 이야기는 여기까지 하자. 어쨌든 작은 단서라도 얻었으니까.'

소기의 목적을 달성했으니 이제는 본론을 이야기할 차례였다. 현우는 시무룩한 얼굴을 하고 있는 송지유를 향해 입을 떼었다.

"나도 더 묻지는 않을게. 앞으로 차차 알아가면 되는 거지 뭐."

"네?"

커다란 눈동자를 깜박이다 현우의 말뜻을 알아들은 송지유의 얼굴로 희미한 미소가 어렸다.

"그럼 저 트로트 가수로 만들어주시는 건가요?"

"그래. 하지만 너도 솔직하게 이야기해 줬으니까 나도 좀 솔직해야겠지? 우리 어울림은 삼류야. 까놓고 더 말하자면 별다른 일이 없으면 평생 여기서 더 발전을 하기는 어려울 거야. 그런데 말이야. 초면에 무슨 미친놈인가 하겠지만 나는 너한테 모든 걸 걸어보려고 해."

"저한테요? 감사하기는 하지만… 오늘 처음 본 사이잖아요."

처음에는 놀라던 송지유의 눈동자로 이내 의심이라는 감정이 채워졌다.

"처음 본 사이는 맞지. 하지만 나는 널 처음 보고 감이 딱 왔거든."

"이 아이는 스타가 될 거다! 뭐 이런 거요?"

"바로 그거지!"

현우는 자신 있게 말했다.

양심이 조금 찔리긴 했지만 어쨌든 송지유는 인기 스타가 될 재목이 분명했다. 그리고 스타로 키워주겠다는 말도 거짓은 아니었다.

전부는 아니었지만 향후 10년간의 미래를 알고 있었고, 스스로의 능력을 믿고 있었다.

"아저씨 사기꾼이죠?"

"사기꾼? 그건 좀 너무한데?"

현우가 쓰게 웃었다.

"그냥 첫 가수를 대하는 매니저의 각오 정도로 생각하면 될 거야."

"제 매니저요?"

"응. 송지유의 매니저."

"내 매니저……."

송지유가 현우의 말을 곱씹었다.

"근데 부탁 하나만 하자."

"뭔데요?"

"트로트 하나 불러줄 수 있어?"

"맞네요. 회사가 작긴 해도 오디션은 봐야 하니까."

"그걸 꼭 네 입으로 말해야겠냐. 자, 그럼 자신 있는 노래로 하나 불러봐."

"네."

송지유가 자리에서 일어나 옷매무새를 바로 하며 감정을 잡기 시작했다. 그리고 그 모습에 현우는 깜짝 놀랐다.

노래를 부르기 전에 긴장을 풀거나 목을 푸는 경우는 흔했다. 그런데 겨우 20살의 나이에 송지유는 감정을 잡고 있었다.

"시작할게요."

송지유의 얼굴로 아련한 기색이 어렸다. 그리고 노래가 시작되었다. 송지유가 선택한 곡은 이숙자 선생의 데뷔곡으로 알려진 스무 살 순정이었다.

맑고 청아한 목소리가 분홍색 입술 사이로 흘러나왔다.

송지유가 부르는 스무 살 순정은 이숙자 선생이 불렀던 스무 살 순정과는 느낌이 달랐다. 이숙자 선생이 깊이 있는 목소리를 통해 애절한 감정을 표현했다면 송지유는 풋풋한 아가씨의 설레는 마음을 느끼게 하고 있었다.

무려 50년 가까이 된 노래였다. 송지유는 나름대로 곡을 재해석해서 부르고 있었다.

"괜찮았나요?"

노래를 끝마친 송지유의 얼굴이 붉어져 있었다. 처음 보는 남자 앞에서 단독 공연을 했으니 충분히 부끄러울 만도 했다.

짝짝짝.

현우는 박수만 칠뿐 심각한 얼굴을 하고 있었다. 현우의 반응에 송지유가 시무룩해졌다.

"제가 가장 많이 불러봤던 노래예요. 별로… 였죠?"

"아니, 잘했어. 아주 잘했어."

"근데 표정이 왜 그러세요?"

"내가 생각했던 것보다 더 잘 불렀거든. 그래서 조금 놀란 것뿐이야."

"정말이에요?"

양쪽 보조개가 파이며 송지유가 환하게 웃었다.

누군가에게 노래로 칭찬을 듣는 것이 생소했다. 트로트라 하면 대부분 들어볼 생각도 안 했다. 그런데 오늘 처음 보는 이 남자는 자신을 인정해 주었다.

"이렇게까지 좋게 봐주실 줄은 몰랐어요."

"뭘 그렇게 좋아해? 너 다른 사람들 앞에서 트로트 불러본 적 별로 없구나?"

"네. 동생이랑 할머니를 빼면 오빠가 처음이에요."

"그래?"

현우는 크게 놀랐다.

송지유는 간접적으로 홀로 트로트를 독학해 왔다고 말을 하고 있었다.

'무언가 이상해. 내가 알고 있던 송지유가 아니야.'

지금 현우를 바라보고 있는 20살의 송지유는 과거로 돌아오기 전 30살의 송지유보다 모든 면에서 월등했다.

풋풋한 외모도, 그리고 꾸밈없고 자연스러운 목소리도 그러했다.

'대체 원인이 뭐지? 내가 과거로 돌아온 탓인가? 아냐. 그건 아니야.'

알 수 없는 감각이 현우가 과거로 돌아온 탓이 아니라고 말을 해주고 있었다. 순간 현우는 오래전 보았던 뉴스를 떠올렸다. 쌍둥이 형제가 각각 다른 나라로 입양이 되었다. 그리고 30년이라는 세월이 지나 형은 세계적인 피아니스트로, 동생은 흔하디흔한 피아노 강사가 되어 있었다.

두 형제는 모두 절대음감이라는 천부적인 재능을 가지고 있었다. 하지만 자라온 환경이 두 형제의 삶을 다른 방향으로 인도한 것이다.

'7년의 무명 생활이 과거의 송지유와 지금의 송지유와의 차이라 이건가.'

이제야 머릿속이 좀 맑아지는 것 같았다. 20살부터 27살까지 이어졌던 7년의 무명 세월이 송지유의 가능성을 깎아먹은 것이었다.

지금 현우의 앞에 서 있는 송지유는 가능성이 무궁무진한 원석인 상태로 존재하고 있었다.

"후후."

현우의 입가에 절로 미소가 지어졌다. 이제 보니 송지유는 성공의 발판이 아니라 성공의 기둥이 되어줄 아이였다.

"지유야, 우리 계약하자. 내가 널 탑스타로 만들어줄게."

현우의 자신만만한 태도에 송지유가 자그맣게 웃었다. 여러모로 뚱딴지같은 사람이었다. 심지어 오늘 처음 보는 사람이었다. 그런데 이상하게 믿음이 갔다.

"그 전에 하나만 약속해 주세요."

"약속?"

현우가 머리를 긁적였다.

"이숙자 선생님보다 더 유명하게 만들어주세요. 그것만 약속해 주시면 계약할게요."

"하하. 너 보기와 다르게 야망이 참 크구나."

"저 농담 아니거든요."

"……."

현우는 선불리 대답을 하지 못했다.

이숙자. 지금의 젊은 세대들은 잘 모르지만 이숙자 선생은 대한민국의 가요 역사에 길이 남을 국민가수였다. 그런데 송지유는 자신을 전설적인 가수인 이숙자 선생보다 더 유명한 가수로 만들어 달라는 말을 하고 있었다.

게다가 트로트 가수로 성공해서 만나야 할 사람도 있다고 했다.

'이 아이도 말 못 할 사연이 있구나. 나처럼 말이야.'

가벼운 고민을 하던 현우가 이내 빙그레 웃었다.

"좋아. 내가 그렇게 만들어줄게. 잘 부탁한다."

"저도 잘 부탁드릴게요."

현우가 손을 내밀었고 동시에 송지유는 고개를 꾸벅 숙여 보였다.

송지유가 콧잔등을 찌푸렸다. 현우도 비어 있는 손이 민망해 괜스레 머리를 매만졌다.

"자, 우리 악수해요."

송지유가 손을 내밀었다. 왠지 조련을 당하는 느낌이 들긴 했지만 현우도 송지유의 손을 맞잡았다.

그때였다. 별안간 파앗! 하는 노이즈와 함께 송지유의 뒤편으로 황금색 후광이 빛을 발했다.

사방으로 번졌던 황금색 후광은 눈 깜빡할 사이에 사라지고 말았다.

'뭐, 뭐야? 이거?!'

현우는 어안이 벙벙했다. 송지유의 손을 잡은 순간에 벌어진 일이었다.

"아저씨? 아저씨?"

송지유가 몇 번이나 현우를 불렀다.

겨우 정신을 차린 현우가 송지유를 유심히 살펴보았다. 방금 전 3층 사무실을 가득 메웠던 황금빛 후광이 거짓말처럼 느껴질 정도로 송지유는 태연했다.

기이한 현상을 겪은 현우의 얼굴이 심각해졌다.

"지유야. 방금… 아무 일도 없었던 거지?"

"무슨 말을 하는 거예요?"

"아, 아냐."

"괜찮아요?"

송지유가 걱정스러운 표정으로 물었다.

"괜찮아. 잠깐 헛것이 보였던 모양이야. 그럼 정식 계약은 내일 여기서 하는 걸로 하자. 집으로 갈 거지?"

"저 학교 기숙사에서 지내요. 근데… 진짜 괜찮은 거죠?"

"물론이지. 너랑 계약을 해서 잠깐 흥분을 한 것뿐이야."

"흥분이요?"

송지유의 눈동자가 가늘어졌다. 아무런 말도 없이 송지유가 몸을 돌렸다. 왠지 모르게 걸음걸이도 빨라져 있었다.

"지유야! 그 흥분 말고! 다른 흥분 말하는 거라니까! 데려다 줄게! 기다려!"

*　　　*　　　*

봉고차 조수석의 문이 열리며 송지유가 내렸다.

"문까지 열어주실 필요는 없어요."

"아냐. 내 첫 가수인데 내가 극진히 모셔야 다른 곳에서도 대접을 받는 거다."

"감사합니다. 저도 아까 변태라고 말한 거 진심 아니었어요."

"뭐? 변태라고 했었어? 뭐 그럴 수 있지. 하하."

씩 웃으며 현우는 홍인대학교의 여자 기숙사를 살펴보았다.

"기숙사 괜찮네. 보안도 괜찮은 것 같고. 여자들 지내기에는 안전해 보여."

"……."

"왜 그러냐?"

"그런 말 처음 들어봐요."

송지유가 자그마한 목소리로 중얼거렸다. 그리고 그 말을 현우는 듣고 말았다.

하지만 현우는 뭐라 대꾸를 하지 못했다. 송지유의 표정이 왠지 모르게 어두워져 있었기 때문이다.

"그럼 들어갈게요. 오늘 감사했어요!"

그새 송지유가 기숙사 정문 안으로 들어가 손을 흔들었다. 현우도 마주 서서 손을 흔들어주었다.

*   *   *

다시 어울림으로 돌아온 현우는 책상에 앉아 골똘히 생각에 잠겨 있었다. 송지유에게는 내색하지 않았지만 내내 신경이 쓰였다.

'그 황금색 빛은 대체 뭐였을까?'

송지유로부터 뿜어져 나온 황금빛 후광. 워낙 찰나에 벌어진 일이었지만 헛것이라고는 도저히 생각이 들지 않았다.

'뭘 의미하는 거지?'

송지유와 연관이 있는 것은 분명해 보였다. 똑딱. 똑딱. 애꿎은 볼펜만 놀리며 현우는 생각에 생각을 거듭했다. 그러다 어느 순간 현우가 볼펜으로 무언가를 적기 시작했다.

[20살의 송지유는 30살의 송지유보다 모든 면에서 월등하다.]

한 문장이었지만 핵심이 담겨 있었다. 복잡하게 얽혀 있었던 여러 생각들이 사라지자 남는 것은 하나였다.

황금빛 후광은 지금 20살인 송지유를 의미한다. 그리고 황금빛이 의미하는 거라면 뻔했다.

"후후. 황금 알을 낳는 거위가 아니라 황금 알을 낳는 송지유라 이건가."

현우의 입꼬리가 양쪽으로 올라갔다.

물론 아직까지는 가정일 뿐이었다. 그래도 기분이 좋은 것은 어쩔 수 없었다.

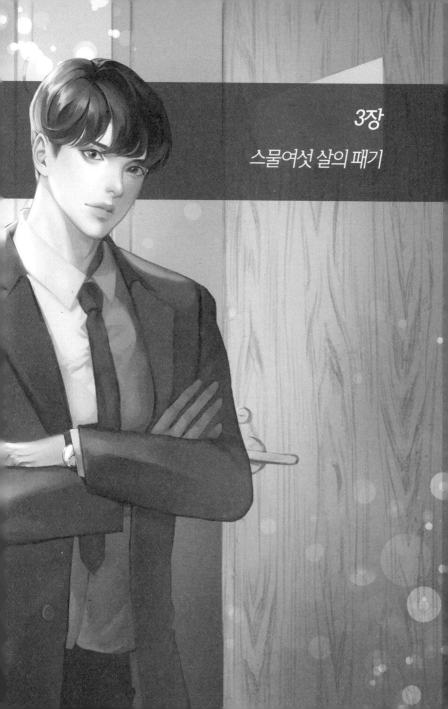

3장

스물여섯 살의 패기

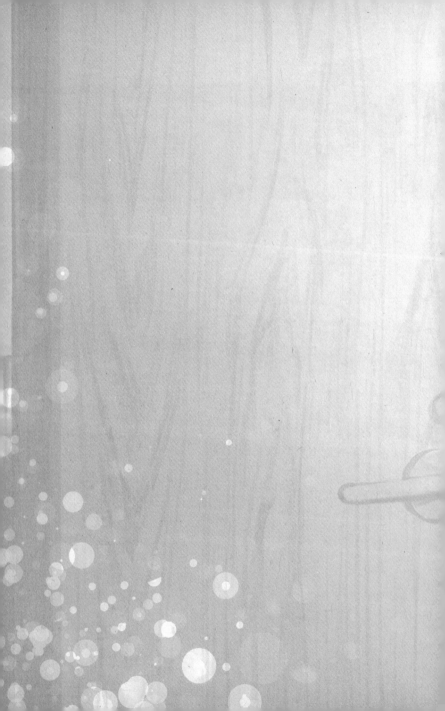

어울림이 자리를 잡고 있는 연남동 뒷골목의 어느 삼겹살 집. 20년도 넘은 허름한 가게 안에서 회식이 한창이었다.

회식의 주인공은 오늘 새로이 어울림의 식구가 된 현우였다. 현우는 식구들에게 벌써 몇 차례나 소주잔을 돌린 상태였다.

"이제 너도 한 잔 해야지. 받아라, 현우야."

"예. 아버지."

현우가 소주잔을 들이켰다. 알싸한 알코올 내음이 입안을 맴돌았다. 현우는 회식에 참석한 어울림의 식구들을 둘러보았다. 간만의 회식이라 그런지 다들 흥에 겨워 보였다.

현우의 잔이 비어 있는 것을 확인한 남훈이 소주병을 들었다.

"자! 내 잔도 받아."

"네. 선생님."

"내 주제에 선생님은 무슨! 훈이 아저씨라고 해라 그냥."

"그렇게 하겠습니다."

현우가 소주를 들이켜자 남훈이 입을 열기 시작했다.

"정말로 우리 어울림을 키워볼 생각인가?"

"물론입니다. 이제는 아들인 제가 아버지를 도와야죠. 허락도 받은 상태구요."

"허락?"

"네. 지유를 공중파에 정식으로 데뷔시켜 볼 생각입니다."

일부러 패를 던져놓고 현우는 노릇노릇하게 익은 삼겹살한 점을 입으로 가져갔다.

허름한 가게라 별로 기대하지는 않았는데 의외로 맛이 너무나도 좋았다. 태연하게 삼겹살을 음미하고 있는 현우와 달리 가게는 조용해져 있었다.

공중파 데뷔. 현우가 내뱉은 말은 삼류 가수인 이들이 듣기에는 허무맹랑한 소리로 밖에 들리지 않았다.

남훈의 시선이 김형식에게로 향했다.

"형님, 진짜입니까?"

"한번 믿어보기로 했다."

"아니… 공중파 데뷔가 누구네 집 아이 이름도 아니고… 저도 현우의 패기는 좋게 봅니다만 지금 우리 회사 수준에는 불가능한 일 아닙니까? 지유라는 아이가 예쁘게 생기긴 했지만 가수는 아무나 하는 게 아닙니다, 형님."

남훈뿐만 아니라 다른 가수들도 동요를 하고 있었다. 김형식이 현우를 바라보았다.

결자해지. 김형식은 현우로 하여금 이들을 이해시키라고 말하고 있었다.

현우가 자리에서 일어났다. 남훈을 비롯한 가수들의 시선이 현우에게로 쏟아졌다.

"여기 계신 분들이 무엇을 걱정하고 계시는지 저도 잘 알고 있습니다. 그런데 저는 현실에 안주하기는 싫습니다. 훈이 아저씨 말씀대로 패기 하나로 한번 밀어붙여 볼 겁니다. 불편하게 생각하고 계시는 분들도 있겠죠."

잠시 말을 끊은 현우가 아버지 김형식을 바라보다 다시 말을 이었다.

"아버지한테 도움을 받을 생각은 없습니다. 여러분들에게 피해가 가는 일도 벌어지지 않을 겁니다. 지유는 온전히 제 힘으로 키워볼 생각입니다. 다만, 도움을 주신다면 거절할 생각은 없습니다."

진심이었다. 현우는 애당초 아버지의 도움은 받을 생각이 없었다. 그리고 남훈을 비롯한 가수들의 우려 섞인 말들도 이해가 갔다.

어울림은 영세한 기획사였다. 자칫 잘못하다간 간판을 내릴 수도 있었다. 어울림이 간판을 내리게 되면 저들이 갈 곳은 그리 많지 않았다. 자고로 밥그릇이 걸린 문제에는 누구나 예민할 수밖에 없다.

'뭐 당신들이 도움을 주겠다면 나도 그만큼 보상은 해주겠어.'

얼굴은 웃고 있지만 현우는 냉정하게 생각했다.

현우는 씩 웃어버렸다. 그리고 소주병을 들었다.

"잘 부탁드린다는 의미에서 제가 한 잔 더 돌리겠습니다."

"허… 거참. 형식이 형님이랑은 딴판이야. 딴판. 진짜 형님 아들 맞습니까?"

"당연히 내 아들이고말고."

남훈이 현우와 김형식을 번갈아보며 혀를 찼다. 그래도 남훈의 농담 덕분에 굳어 있던 분위기가 풀렸다.

현우는 차례로 술잔을 채웠다. 잘 부탁드린다는 말을 하는 것도 잊지 않았다. 그러다 마지막 차례에서 현우가 고개를 들었다.

'헉!'

현우는 자기도 모르게 헛바람을 들이켜고 말았다. 못생겼다.

아니, 못생겼다는 표현이 부족할 정도로 정말 못생긴 중년 여성이 소주잔을 내밀고 있었다.

"추향이에요. 반가워요, 현우 씨."

심지어 예명도 추향이었다. 가을향기라는 뜻보단 왠지 나쁜 쪽으로 생각이 들 정도였다. 그런데 또 신기하게 목소리는 정말 꾀꼬리같이 아름다웠다. 혹여나 실례를 범할까 현우는 얼른 잔을 채웠다.

"잘 부탁드리겠습니다, 추향 선생님."

"선생님? 저도 선생님이 되는 건가요?"

"예, 뭐. 그런 셈이죠. 하하."

현우는 멋쩍어 그냥 웃기만 했다. 추향이 한 잔을 마시곤 현우에게 잔을 내밀었다. 얼떨결에 현우는 잔을 받았다.

"현우 씨가 키워본다는 지유라는 아이, 얼마 전에 우리 회사를 찾아온 대학생 아가씨 맞죠? 참하게 생긴?"

"네. 맞습니다."

"열심히 해봐요. 열정을 가지고 노력을 하는 현우 씨의 모습이 보기 좋네요. 응원할게요."

"감사합니다."

응원을 해주는 사람도 있다니 고마웠다. 그런데 왠지 모르게 추향의 얼굴이 쓸쓸해 보였다.

*　　　*　　　*

딸랑. 방울 소리와 함께 유리문이 열렸다.

"현우 씨! 좋은 아침이에요!"

경리 미스 최가 머리카락을 귀 뒤로 넘기며 현우를 반겼다. 하지만 안타깝게도 현우는 혼자가 아니었다.

현우의 뒤편에서 송지유가 모습을 드러내었다. 사무실 안으로 들이치는 햇살을 받으며 서 있는 송지유는 같은 여자가 봐도 아름다웠다.

"호호. 참 예쁘시네요. 혹시 여자 친구?"

입은 웃고 있어도 미스 최의 눈가가 파르르 떨렸다.

"예?! 여자 친구라뇨. 지유입니다, 송지유."

"지유요?"

헛소리만 하는 최경미를 보며 현우는 어리둥절했다. 어제는 보리차 티백을 집어던지려 하지 않나, 여러모로 이상한 여자였다.

현우가 뭐라 말을 하려던 찰나 송지유가 먼저 움직였다.

"안녕하세요. 송지유라고 합니다."

"어울림에서 일하는 최경미입니다. 초, 초면이네요."

미스 최가 송지유를 스캔하고는 시무룩한 표정으로 자리에 앉았다.

"이 시간에 다들 뭐 하세요?"

현우가 목을 긁적였다. 어느새 남훈과 추향을 비롯한 어울림 소속의 가수들이 모두 나와 있었다. 밤무대 가수들이 오전 9시에 모습을 드러낸 것이었다.

'지유가 궁금했군.'

입가에 씩 미소가 지어졌다. 지유가 궁금하다면 그 궁금함을 풀어주면 그만이었다.

"안녕하세요! 송지유입니다! 선배님들, 잘 부탁드립니다!"

송지유가 두 눈을 질끈 감고 고개를 숙이며 인사했다. 현우는 그런 송지유를 대견한 얼굴로 바라보았다.

'녀석. 각오를 단단히 한 모양인데.'

송지유의 깍듯한 인사 때문인지 분위기는 나쁘지 않았다. 게다가 송지유의 미모도 한몫을 했다. 조금 차가워 보이기는 했지만 참해 보이는 분위기는 젊은이들뿐만 아니라 어르신들도 좋아할 만한 스타일이었다.

"음. 음. 저번에는 잠깐 봐서 몰랐는데 아가씨가 참 예의 바르군."

"그러게 말입니다, 훈이 형님."

"지유 씨, 우리들 앞에서 노래 한번 해볼래요?"

별안간 추향이 노래를 제안했다. 송지유뿐만 아니라 가만히 지켜보던 현우도 깜짝 놀랐다. 송지유가 현우를 돌아보았다.

"불러봐. 선배님들 앞에서 신고식은 해야지."

"알겠어요."

"그럼 반주는 내가 해줄게요."

추향이 낡은 피아노 앞으로 가 앉았다.

"뭐 부를 거예요?"

잠시 고민하던 송지유가 분홍색 입술을 떼었다.

"섬마을 아가씨 부를게요."

"지, 지유야."

섬마을 아가씨라니. 현우는 송지유의 선곡 센스에 헛웃음이 나왔다. 어제는 스무 살 순정을 부르더니 오늘은 섬마을 아가씨였다. 섬마을 아가씨는 이숙자 선생을 상징하며 대표하는 곡이었다.

'잊을 수 없이 수많은 밤을.'

짤막한 이 부분이 지금의 이숙자 선생을 존재하게 했다. 두 마디로 이루어졌지만 이 부분이야말로 그리움과 원망의 감정이 함축적으로 담겨 있는 핵심에 속했고, 수많은 사람들의 심금을 울렸다. 그렇기 때문에 경험과 기교가 중요했고, 무엇보다도 깊은 감정이 없다면 소화 자체가 불가능했다.

그사이 추향의 피아노 연주가 시작되었다. 오래된 명곡답게 단순하게 느껴지는 전주 부분이 끝나고 마침내 송지유가 입술을 열었다. 맑고 청아한 목소리에 남훈과 다른 트로트 가수들이 놀란 얼굴을 했다.

그리고 대망의 하이라이트 부분이 다가왔다. 기대 반 걱정 반으로 현우가 송지유를 응시했다. 마침내 섬마을 아가씨의 전부라고도 할 수 있는 이 두 마디 부분을 송지유가 부르기 시작했다.

잊을 수 없이 수많은 밤을~

맑고 청아한 목소리가 애잔하게 흔들리며 그리움과 원망의 감정을 분출했다. 그리고 얼마 안 가 피아노 연주를 마지막으로 노래는 끝이 났다.

긴장을 했던 탓인지 노래를 마친 송지유의 어깨가 들썩였다.

"잘했어. 최고였다."

송지유의 어깨를 현우가 다독여 주었다. 그러고는 사뭇 당당해진 얼굴로 입을 뗐다.

"어떻습니까? 우리 지유?"

조금 오글거리기는 했지만 현우는 '우리 지유'라는 단어를 강조했다.

"확실히 재능이 있어. 재능이 없는 우리가 봐도 느낄 정도 야."

어울림의 대표 가수격인 남훈이 인정을 했다. 삼류 트로트 가수라고 해서 듣는 귀도 삼류는 아니었다.

"현우 네가 제대로 된 신인을 발굴한 것 같구나. 축하한다."

"감사합니다, 훈이 아저씨."

현우가 빙그레 웃었다.

하지만 정작 현우의 시선은 피아노 덮개를 덮고 일어난 추향을 향해 있었다. 추향이 아닌 추녀라고 해도 좋을 정도로 못생긴 그녀였지만 왠지 모르게 현우는 자꾸만 신경이 쓰였다.

추향이 별로였다고 말을 하면 정말 별로일 것만 같아 걱정이 되었다.

"추향 선생님은 어떠셨습니까?"

현우가 직접적으로 물었다. 현우의 물음에 추향이 송지유를 보며 웃었다.

"좋아요."

"그것… 뿐입니까?"

현우의 얼굴이 굳어졌다. 분명 합격점을 주었다. 하지만 추향의 표정을 보고 있노라면 왠지 모르게 찝찝했다.

송지유도 현우와 같은 생각을 하고 있었다. 남훈의 칭찬보다는 함께 섬마을 아가씨를 완곡한 추향의 칭찬이 더 고팠다.

"선생님. 선생님이 부르는 섬마을 아가씨를 듣고 싶습니다."

현우가 대뜸 추향에게 말했다.

매니저로서의 감이 현우의 이성을 앞선 것이었다.

"저보고 노래를 부르라고요?"

"네. 그렇습니다."

추향이 되물었고 현우는 고개를 끄덕였다.

"좋아요."

추향이 다시 피아노 덮개를 열었다. 단순한 전주와 함께 추향이 섬마을 아가씨를 부르기 시작했다. 그리고 얼마 가지 않아 현우는 크게 놀랐다.

추향이 부르는 섬마을 아가씨는 큰 기교는 없었지만 묘하게 감정을 자극했다. 섬마을에서 연인을 기다리는 순수한 섬마을 처녀의 원망 섞인 감정이 은은하게 묻어나왔다. 현우와 송지유는 추향이 부르는 섬마을 아가씨에 매료되어 눈을 떼지 못했다.

"현우 씨?"

피아노 덮개를 내리고 추향이 현우를 불렀다. 어느새 노래가 끝이 난 것이었다. 진한 여운에 잠겨 있던 현우가 정신을 차렸다.

"…선생님이 왜 여기에 계신 겁니까?"

진지한 얼굴로 현우가 물었다. 현우의 감이 옳았다. 추향은
절대 삼류 트로트 가수가 아니었다. 추향이라면 당대에 인기
를 끌고 있는 여러 트로트 가수들과 견주어도 손색이 없었다.

추향은 그저 쓸쓸하게 웃고만 있었다. 보다 못한 남훈이 앞
으로 나섰다.

"추향 선배는 목 상태가 좋지 않아. 현우 너의 부탁이 아니
었으면 노래도 부르지 않았을 거다."

남훈의 설명에 현우는 미안한 얼굴을 했다.

"죄송합니다. 제가 사정도 모르고 무리한 부탁을 했습니다."

"아니에요. 현우 씨 덕분에 오랜만에 마음 놓고 노래를 불
러봤어요. 그러니 개의치 말아요."

"목 상태가 얼마나 좋지 않으신 겁니까?"

"가수로서의 생명은… 끝났다고 봐야 해요."

"아!"

송지유가 안타까움에 탄식을 내뱉었다. 송지유의 얼굴이 급
격히 어두워졌다. 그리고 추향이 그런 송지유의 어깨를 감쌌
다.

"괜찮아요."

"선생님……."

극과 극으로 느껴질 정도로 송지유와 추향은 달랐다. 하지
만 겉모습만 그렇게 보일 뿐, 왠지 모르게 현우는 두 사람이

잘 어울린다는 생각이 들었다.

'만약 추향 선생님이 지유를 가르쳐 준다면 어떨까?'

순간 떠오른 생각이었다. 추향 정도의 실력자가 음색과 음정을 다듬어주고 자신만의 노하우를 가르쳐 줄 수만 있다면 송지유는 빠르게 성장할 수 있을 것이다. 하지만 현우는 선불리 말을 꺼낼 수가 없었다.

그러다 현우와 추향의 시선이 마주쳤다. 현우의 생각을 읽은 추향이 빙그레 웃었다.

"현우 씨가 나한테 할 말이 있는 것 같은데요?"

"하하. 선생님은 도저히 속이지 못할 것 같습니다."

현우가 머리를 긁적였다. 그러다 조심스럽게 말을 꺼내었다.

"솔직하게 말씀드리죠. 선생님께 지유를 부탁드리고 싶습니다."

송지유가 현우와 추향을 번갈아보았다. 추향이 자연스레 지유의 머리를 쓰다듬었다.

"옛날 생각이 나네요. 농고를 졸업하고 가수가 되고 싶어서 무작정 시골에서 서울로 올라왔어요. 그런데 가수가 될 수는 없었어요. 현우 씨도 보시다시피 내가 좀 많이 못생겼잖아요? 그래서 그런지 노래 한 마디 부를 수 있는 자격조차 주어지지 않았어요. 밤무대도 늘 땜빵용으로 서야 했죠. 그래도 행복했어요. 노래를 부를 수 있었으니까요. 비록 지금은… 이런 꼴이 되었지만 이 아이를 처음 본 순간 옛날의 내가 떠올랐어요. 간절했던 스무 살의 나를 말이에요."

"……."

현우는 조용히 추향의 인생사를 들었다. 그리고 추향이 송지유에게 왜 관심을 보였는지도 깨달았다. 추향은 송지유를 통해 스무 살 적 자신의 모습을 투영하고 있었다.

현우가 꾸벅 고개를 숙였다.

"잘 부탁드리겠습니다."

"부족하지만 열심히 가르쳐 보겠어요."

추향이 따스한 시선으로 송지유를 바라보며 말했다.

*　　　*　　　*

3층 사무실. 책상에 앉아 현우는 노트북을 들여다보고 있었다. 노트북 화면에는 문서 파일이 하나 떠올라 있었다.

송지유 프로듀스. 문서 파일의 제목이었다.

"음. 보컬 트레이너 쪽은 훌륭하게 해결이 되었고."

보컬 트레이너도 보통 보컬 트레이너가 아니었다. 추향은 30년 내공의 실력파 트로트 가수였다.

발라드나 R&B 장르의 트레이너는 흔했다. 하지만 트로트 계에서는 트레이너라는 개념 자체가 희박했다. 그냥 운 좋으면 선배 가수들로부터 지도를 받는 것이 전부였다. 하지만 추향은 달랐다. 못생긴 외모 탓에 무명 생활을 해야 했던 추향은 트로트뿐만 아니라 피아노나 다른 음악적 소양도 수준이 높았다. 데뷔 전부터 송지유는 훌륭한 스승을 두게 된 셈이었다.

송지유는 사무실 소파에 앉아 과제를 하고 있었다. 하지만 설렘 때문인지 좀처럼 집중을 하지 못했다. 현우는 그런 송지유를 보며 픽 웃었다.

"집중이 되기는 해?"

"아니요… 갑자기 생각이 많아졌어요."

"이제부터 시작이니까 부담 가질 필요 없어."

"네. 그럴게요."

"그리고 당분간 수업 끝나면 무조건 회사로 와서 추향 선생님한테 배울 수 있는 건 다 배우도록 해."

"정말 그래도 될까요?"

"추향 선생님께서 직접 하신 말씀이잖아. 아무래도 네가 아주 마음에 드신 모양이야."

"저도 선생님이 좋아요. 그래서 벌써 내일이 기다려져요."

송지유의 보석 같은 눈동자로 기대감이 잔뜩 어려 있었다.

"기숙사로 언제 갈 건데?"

"과제하고 갈게요. 근데요. 저는 앞으로 어떻게 되는 거예요? 궁금해요."

송지유가 볼펜을 전공 서적 사이로 내려놓으며 물었다. 그러고 보니 구체적인 계획에 대해서 일언반구도 하지 않았다. 현우가 노트북을 덮었다.

"디지털 싱글로 데뷔 앨범을 제작할 생각이야."

"디지털 싱글이요?"

"그래. 지금 우리 회사 수준에서 1, 2억씩이나 들여서 정규 앨범을 만들 수는 없으니까. 디지털 싱글 제작비로 500만 원 정도 예상하고 있어."

"적지 않은 돈이네요."

송지유의 얼굴이 걱정으로 물들었다.

"스무 살짜리가 무슨 걱정이 그렇게 많아? 너는 추향 선생님한테만 집중해. 디지털 싱글 제작비 정도는 끄떡없으니까."

"회사 도움은 안 받는다면서요?"

"적금 깰 거야. 마침 딱 500만 원짜리 적금이 있거든. 디지털 싱글 제작비로는 충분해."

적금을 깬다는 현우의 말에 송지유가 애꿎은 손가락을 쥐어뜯었다.

"저는 아무런 도움도 못 되네요."

"도움? 낯간지러운 말일 수도 있는데, 넌 네 존재 자체가 도움이 되는 거야. 애당초 네가 없었으면 내가 미쳤다고 디지털 싱글까지 제작하면서 앨범을 낼 생각을 했겠어? 넌 무조건 뜰 거야. 또 내가 너 뜨게 만들 거고. 그러니까 넌 아무 걱정도 하지 마."

"감사합니다. 근데… 방금 또 사기꾼 같았어요."

송지유가 입을 가리며 웃었다. 차갑고 도도해 보이는 외모 탓에 가끔 웃기라도 하면 아찔할 정도로 송지유의 미소는 매력적이었다.

"하아. 사기꾼 아니라니까? 사기꾼은 이렇게 대놓고 장담 안 해. 오히려 살살 구슬려 가며 그 빈틈을 노리는 거지."

"알았어요. 그래도 힘든 일 있으면 저한테도 말씀해 주세요. 제 매니저잖아요."

"오케이. 말만 들어도 고맙다."

현우와 송지유가 서로를 보며 웃었다. 아주 조금씩 서로 간에 신뢰가 쌓이고 있었다.

과제를 마친 송지유가 기숙사로 돌아가고 현우는 여전히 노트북 화면 속의 문서 파일을 주시하고 있었다. 송지유에게 호언장담을 하긴 했지만 500만 원의 자금으로는 여러모로 부족했다.

'디지털 싱글 제작비는 적금으로 해결한다 치고, 다른 부수적인 것들은 월급을 모아서 해결한다 치자.'

현우의 월급은 100만 원. 작은 액수였지만 현우는 월급을 온전히 송지유에게 투자할 생각이었다. 녹음에 들어갔을 때

빌릴 녹음실 대여료와 엔지니어 일당 등 돈 나갈 곳이 많을 것이다. 한데 이러한 것들은 사소한 걱정으로 생각될 정도로 거대한 문제가 현우의 머리를 아프게 하고 있었다.

바로 디지털 싱글 앨범에 들어갈 곡이었다. 사실상 앨범 제작비에 가장 큰 비중을 차지하는 것이 곡비였다. 정규 앨범의 경우 보통 8개에서 10개 이상의 곡이 실린다. 곡비는 한 곡당 100, 200만 원에서 1,000만 원을 넘기는 경우도 있다. 물론 1,000만 원 이상의 곡비를 받는 유명 작곡가들은 그리 많지 않았다. 어쨌든 최정상의 걸 그룹이나 발라드 가수들은 곡비로만 1억에 가까운 금액을 지출할 때도 있었다.

송지유의 데뷔 싱글 앨범에 실릴 곡은 단 한 곡.

그랬기에 현우는 부담감이 더 크게 느껴졌다. 송지유가 아무리 원석이라고 해도 노래가 좋지 못하면 실패를 할 가능성이 매우 높았다. 게다가 댄스나 R&B, 발라드도 아닌 트로트였다.

'쓸 만한 트로트 작곡가가 과연 존재하려나.'

한숨이 나왔다. 송지유의 데뷔에 필요한 자금보다 더 거대한 문제가 바로 데뷔곡이었다.

'생각을 하자, 생각을.'

현우는 과거로 돌아오기 전의 기억들을 떠올렸다. 많은 트로트 히트곡들이 떠올랐지만 대부분 중년 트로트 가수들이 부르고 또 중년 세대들이 좋아할 만한 곡들이었다.

"잠깐!"

현우가 자기도 모르게 혼잣말을 내뱉었다. 뒤이어 현우가 익숙하게 트로트 노래 하나를 흥얼거렸다. 점점 기억이 되살아나자 현우는 가사까지 붙여가며 노래를 불렀다.

"종로연가. 흐흐. 그래! 종로연가다!"

현우가 벌떡 일어나 미친놈처럼 사무실을 뛰어다녔다.

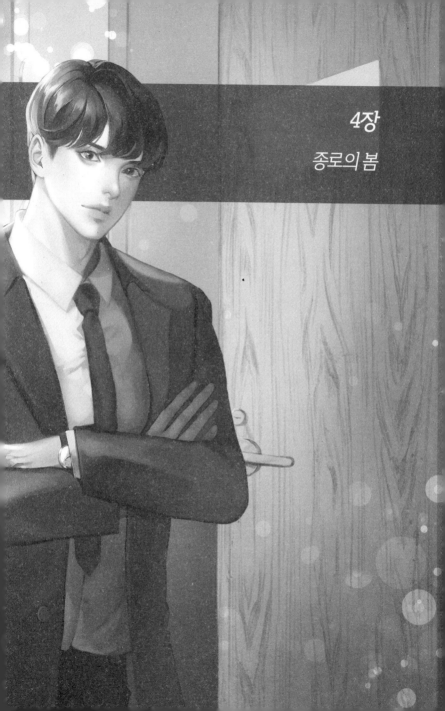

4장

종로의 봄

　사무실을 뛰어다녔더니 열이 올랐다. 현우는 와이셔츠의 단추를 풀고 소매까지 접어버렸다.

'내가 왜 종로연가를 생각하지 못했지?'

　송지유의 데뷔곡 문제로 지끈거리던 두통이 싹 사라졌다.

　종로연가는 현우가 과거로 돌아오기 2년 전에 세상에 나왔던 노래였다. 정상급 트로트 가수인 주란미가 오랜 공백을 깨고 들고 나온 노래였지만 큰 성공은 거두지 못했다. 현우가 트로트 히트곡들을 떠올리면서 바로 종로연가를 생각해 내지 못한 이유이기도 했다.

현우가 종로연가에 큰 관심을 가지고 있는 이유는 특이한 사연을 가지고 있었기 때문이었다. 종로연가의 작곡가는 무명이었다. 그리고 그가 남긴 유작이 바로 종로연가였다. 종로연가는 무명 작곡가가 죽은 후 제법 긴 세월이 흘러서야 세상의 빛을 보았던 곡이다. 현우의 기억으로는 무명 작곡가의 아내가 보관을 하고 있다가 우연히 주란미의 매니저가 발견을 하고 곡을 구매했다고 한다.

그것도 단돈 50만 원에 말이다. 현우가 방방 날뛰었던 이유도 역시 저렴한 가격 때문이었다. 히트곡은 아니었지만 50만원의 가격에 어디서 이런 곡을 구할 수 있을까? 현우의 판단으로는 불가능이었다. 가격대 효율이 뛰어날 뿐만 아니라 일반 트로트 곡들과 다르게 잔잔하고 섬세한 종로연가는 송지유에게 제격이었다.

'10년 전으로 돌아왔으니 그 사람도 아직 살아 있을 거야. 근데 이름이 뭐였더라?'

2년 전에 봤던 인터넷 기사라 이름이 가물가물했다. 그래도 다행히 그 무명의 작곡가가 서울에 위치한 밤무대에서 세션으로 일했다는 기사의 한 부분이 기억났다.

'작곡가를 찾아야겠어.'

현우가 노트북을 덮었다.

＊　　　＊　　　＊

똑똑. 똑똑.

하얗고 작은 손이 봉고차의 앞 유리문을 두들겼다. 별다른
반응이 없자 송지유가 유리창으로 얼굴을 가까이 대었다.

"왁!"

"꺅!"

운전석에서 잠들어 있던 현우가 별안간 벌떡 일어나 소리를
질렀다. 깜짝 놀란 송지유도 비명을 질렀다.

철컥. 운전석 문이 열렸다. 현우는 얼굴 가득 장난기를 담
고 있었다.

"뭘 그렇게 놀라?"

"놀랐잖아요!"

송지유의 커다란 눈동자에 눈물이 그렁그렁했다. 그러다 송
지유의 얼굴이 얼음장처럼 차가워지며 현우를 노려보았다. 냉
기가 풀풀 풍겨났다.

"장난 좀 쳐본 거야. 하하."

"……."

현우가 머리를 긁적였다. 송지유가 현우를 살펴보기 시작했
다. 세수도 못 하고 꼴이 영 말이 아니었다. 차가웠던 송지유
의 얼굴이 금세 풀어졌다.

"오늘 새벽에도 집에 안 들어갔어요?"

"어쩌다 보니 그렇게 됐다."

"그러다 일찍 죽어요."

"네가 이렇게까지 신경 써주는데 일찍 죽지는 않을걸?"

현우가 쓰게 웃으며 대답했다.

종로연가의 작곡가를 찾기 위해 벌써 일주일 넘게 소속 가수들을 데리고 밤무대를 돌아다니고 있었다. 소속 가수들이 밤무대를 마치고 퇴근을 해도 현우는 따로 서울 근교의 나이트클럽들을 돌아다녔다. 밴드 세션으로 일하는 연주자들을 일일이 수소문했지만 그 무명의 작곡가는 찾을 수가 없었다.

"오늘은 저도 같이 가요."

"너도 간다고? 안 돼."

"오빠만 혼자 고생하고 있잖아요."

"너도 추향 선생님한테 지도받느라 바쁘잖아."

현우의 입장에선 송지유가 추향에게 하나라도 더 배우는 것이 나았다. 더군다나 오늘은 토요일이었다. 아침부터 저녁까지 추향이 따로 시간을 내서 송지유를 가르치려 하고 있었다.

"같이 갈래요."

"안 돼."

"오늘 하루만 따라갈게요. 내일 일요일이잖아요."

송지유의 보석 같은 눈동자가 현우를 빤히 쳐다보았다.

"그래그래. 알았다."

결국 현우가 송지유에게 져주었다. 도와주겠다는데 더 이상 거절하는 것도 이상했다.

딸랑. 방울 소리와 함께 현우와 송지유가 어울림의 1층 사무실로 들어왔다. 추향이 두 사람을 기다리고 있었다.

"왔니?"

"선생님!"

송지유가 대번에 추향의 품으로 안겼다. 조카와 이모처럼 두 사람은 사이가 좋아 보였다. 특히 송지유가 유난히도 추향을 따랐다.

세 사람은 3층 사무실로 올라갔다. 3층 사무실은 깨끗하게 정돈이 된 상태였다. 1층에 있었던 피아노도 3층으로 자리를 옮겼다. 빈약하지만 칸막이로 추향의 공간도 만들어놓았다.

"오늘도 잘 부탁드리겠습니다, 선생님."

현우의 정중한 인사와 함께 본격적인 추향의 지도가 시작되었다. 현우는 사무실 책상에 앉아 추향과 송지유를 지켜보기로 했다.

추향의 지도는 기초적인 부분을 강조하고 있었다. 젊었을 적 성대결절을 세 번이나 겪은 추향은 아예 작정을 한 것 같았다. 다행히도 송지유는 추향의 지도를 지루해하지 않았다.

음색이 안정적이고 음정이 정확해야 듣는 이들에게 감정을 잘 전달할 수 있다는 것이 추향이 강조하고 있는 기초였다. 덕분에 추향의 지도를 받고 있는 송지유는 나날이 음색이 안정되고 음정이 정확해지고 있었다. 특히 추향은 고음보단 저음의 음역을 집중적으로 가르치고 있었다. 클라이맥스인 고음도 중요하지만 저음으로도 얼마든지 듣는 이들의 심금을 울릴 수 있다는 것이다.

'훌륭한 스승에 뛰어난 제자라. 후후.'

현우가 생각했던 것보다 추향은 누군가를 가르치는 것에 큰 재능을 가지고 있었다. 송지유도 타고난 재능에 추향의 지도를 받고 하루가 다르게 일취월장했다.

두 시간 동안의 지도가 끝이 나고 세 사람은 가볍게 중국집에서 배달 음식을 시켜 먹었다. 잠시 휴식을 취하고 다시 두 시간 동안의 수업이 이어졌다.

"오늘도 고생하셨습니다."

"수고하셨습니다! 선생님!"

현우와 송지유가 나란히 인사를 했다.

"지유는 내일도 나올 수 있니?"

추향의 물음에 현우가 습관적으로 머리를 긁적였다.

"오늘 지유랑 밤무대를 돌아볼 생각입니다."

"밤무대를요?"

추향이 고개를 갸웃했다. 현우가 애지중지하는 송지유를 밤무대에 올릴 리가 없었다. 그렇다면 무슨 사연이 있나 싶었다.

"무슨 일이에요? 저도 듣고 싶어요."

"아, 그게 말입니다……."

현우는 추향에게 나이트클럽에서 일하는 세션 중에 작곡을 하는 인물을 찾고 있다고만 간략히 설명을 했다. 뜬구름 잡는 설명이었지만 추향은 잠시 생각을 하다 무언가 생각이 난 듯 입을 열었다.

"작곡을 할 수 있는 연주자라면 한 명 정도 기억이 나네요."

"정말입니까?"

현우는 정신이 번쩍 들었다.

"그런데 아직도 그 사람이 그곳에서 일을 하고 있을지는 모르겠어요."

"어딥니까, 선생님?"

"몇 년 전에 잠깐 섰던 무대라 기억은 잘 나지 않지만… 신촌 쪽이었던 것 같아요."

"그렇습니까?"

신촌 쪽이면 바로 어젯밤에 소속 가수들을 데리고 찾아갔던 곳이다. 신촌에 위치한 나이트클럽은 세 군데였고 분명 현우는 세션 연주자들을 일일이 살펴보았다.

'뭐… 쉬는 날이었거나 나랑 엇갈렸을 수도 있으니까.'

추향이 근거 없는 소리를 할 리는 없었다. 현우는 한 가닥 희망을 가지기로 했다.

*　　　*　　　*

토요일 밤의 신촌은 사람들로 북적였다.

"사람 정말 많네요."

"밤에 신촌 와본 적 없어?"

"기숙사 생활 하니까요."

"그래. 앞으로도 밤에는 돌아다니지 마라."

"네?"

"곧 연예인이 될 거니까."

현우의 말에 송지유가 픽 웃었다.

봉고차가 나팔꽃 나이트클럽 앞에서 멈추었다. 드르륵. 봉고차의 문이 열리며 화려한 무대의상을 갖추어 입은 소속 가수들이 모습을 드러내었다. 남훈을 선두로 두 명의 소속 가수들이 빠르게 나이트클럽 안으로 사라졌다.

"가자."

"네."

현우도 송지유를 이끌고 나이트클럽 안으로 들어갔다. 토요일 밤 12시의 나이트클럽은 그야말로 아수라장이었다. 대부분 중년의 나이대로 이루어진 나이트클럽 안으로 현우와 송지유가 나타나자 이목이 쏠렸다.

특히 대부분의 시선이 송지유에게로 쏟아졌다.

"하아. 이것 참."

현우가 재빨리 송지유를 뒤쪽으로 숨겼다.

"꽉 잡아라."

송지유가 현우의 옷깃을 부여잡았다. 남훈과 소속 가수들의 밤무대가 이어지고 현우는 중간중간 쉬는 타임마다 세션들을 찾아 작곡에 대한 것들을 물었다. 하지만 어젯밤과 마찬가지로 소득은 없었다.

나팔꽃 나이트클럽에 이어 궁전 나이트클럽, 마지막으로 골든 나이트클럽까지 샅샅이 뒤졌지만 작곡가의 행방은 여전히 오리무중이었다.

어느덧 시간도 새벽 4시가 넘어 있었다.

"오빠, 오늘은 그만 돌아가요. 그러다 진짜 몸 상한단 말이에요."

"흐음. 추향 선생님이 없는 이야기를 하실 분은 아니잖아."

"그렇긴 하지만 오늘만 날이 아니니까요."

"그래. 네 말도 일리가 있어. 없는 사람을 찾는다고 찾을 수 있는 것도 아니고."

말을 마친 현우의 시선이 근처 편의점으로 향했다. 4월 초이긴 했지만 아직 밤에는 쌀쌀했다. 괜스레 송지유가 고생을 한 것 같아 미안한 마음이 들었다. 지금 현우에게 가장 중요한 자산은 송지유였다. 감기라도 걸렸다간 월요일부터 이어지는 추향의 지도에 차질이 생길 수도 있었다.

"편의점 가서 컵라면 하나씩 먹고 들어가자."

"좋아요."

"삼각 김밥도 사줄게."

"네네. 너무 고맙네요."

"너 그런 농담도 할 줄 아냐?"

"…몰라요."

붉어진 얼굴로 송지유가 현우의 팔을 잡아끌었다.

현우와 송지유는 편의점으로 들어와 컵라면 한 개씩에 나란히 삼각 김밥도 골랐다. 새벽 4시가 넘어 먹는 컵라면은 의의로 맛이 더 좋았다.

"오늘 힘들지 않았어?"

현우가 넌지시 물었다. 송지유는 오늘 처음으로 밤무대를 세 군데나 경험했다. 직접 무대에 올라 노래를 부른 건 아니었지만 그래도 현우는 송지유의 생각이 궁금했다.

"처음에는 조금 무서웠는데 재밌었어요."

나이트클럽마다 송지유를 향해 뜨거운 시선이 쏟아졌다. 처음에는 꺼려 하던 송지유는 점점 그 시선을 익숙하게 받아들였다.

"내가 봤을 때 너는 타고난 무대 체질이야. 타인의 시선을 즐길 줄 알잖아."

"그럴까요?"

"그럴걸."

현우가 자신 있게 대답했다.

한밤중의 식사는 계속되었고, 편의점 창문 너머 새벽 거리를 배회하는 많은 사람들의 모습이 보였다. 그러다 현우의 시선이 한 곳에서 멈추었다.

청춘 포크송 7080 라이브 카페. 어디서나 쉽게 볼 수 있는 간판이었지만 왠지 모르게 현우는 시선을 뗄 수 없었다.

"지유야."

"네."

"일반 사람들이 생각할 때, 보통 밤무대라고 하면 저런 라이브 카페도 포함될까?"

"글쎄요… 포함되지 않을까요?"

"그렇지?"

현우가 의미심장한 미소를 지어 보였다.

새벽 4시가 넘은 시간인데도 라이브 카페는 사람들로 북적였다. 무대에서는 무명 남자 가수가 통기타를 들고 흘러간 옛 노래를 열창하고 있었다.

현우는 송지유와 함께 테이블에 앉았다. 30대 후반으로 보이는 무명 남자 가수의 뒤쪽으로 밴드 세션들이 보였다. 어쩌면 저들 중에 종로연가의 작곡가가 존재할 수도 있다는 생각에 현우는 마음이 급했다. 마침내 무명 남자 가수의 무대가 끝이 났고 때마침 영업시간도 끝이 났다. 밴드 세션들이 분주히 악기와 장비들을 챙기기 시작했다.

"다녀올 테니까 기다리고 있어."

현우가 벌떡 일어나 무대 쪽으로 다가갔다.

"실례지만 혹시 작곡가 선생님 계십니까?"

뜬금없는 물음에 밴드 세션들이 어리둥절한 표정을 지어 보였다. 베이스 기타의 선을 정리하던 중년 남자가 현우를 살피며 입을 열었다.

"젊은 친구가 왜 여기서 작곡가를 찾아?"

"아, 사정이 있어서 말입니다. 혹시 작곡을 할 줄 아십니까? 아니면 동료분들 중에 작곡을 하시는 분이 있습니까?"

"난 못해. 작곡을 아무나 하는 것도 아니고… 이보게들, 작곡할 줄 알아?"

다른 밴드 세션들도 일제히 고개를 저었다. 한숨과 함께 현우의 표정이 어두워졌다. 아무래도 헛수고를 한 것 같았다.

"실례했습니다."

현우는 몸을 돌렸다. 그런데 무대에서 내려오던 어느 사내가 기우뚱하며 균형을 잃었다. 그러고는 현우와 충돌해 버렸다. 현우와 사내가 동시에 바닥으로 넘어졌다.

"오빠!"

깜짝 놀란 송지유가 현우를 일으켰다.

"안 다쳤어요?"

"괜찮아. 그냥 살짝 넘어졌어."

그사이 현우와 함께 넘어진 사내가 황급히 일어났다. 무대에서 노래를 불렀던 무명 가수였다.

"미안합니다. 갑자기 무대가 어두워져서 그만 발을 헛디뎠습니다."

무명 가수가 현우에게 사과를 해왔다.

"다친 것도 아닌데요, 뭐. 저는 괜찮습니다. 안 다치셨어요?"

"네… 괜찮습니다."

무명 가수가 바닥에 떨어져 있던 통기타 케이스를 집어 들었다. 그리고 그 순간 케이스 안에서 하얀 종이들이 우르르 떨어졌다.

"도와드리겠습니다."

현우와 지유도 바닥에 널브러져 있는 하얀 종이들을 집어 들었다.

'응?'

종이들을 줍던 현우는 문득 이상한 점을 느꼈다. 어두워서 잘 보이지 않았지만 가까이서 보니 단순한 종이가 아니라 악보였다.

"혹시 작곡을 하십니까?"

현우가 종이를 줍고 있는 무명 가수를 향해 물었다. 그러자 무명 가수의 손이 그대로 멈추어 버렸다. 무명 가수가 몸을 일으켰다. 그의 두 손에는 여전히 악보들이 가득했다.

"작곡이라… 글쎄요."

"이건 분명히 악보들인데요?"

현우의 확신에 무명 가수는 곤란한 기색을 보였다. 마치 자신의 은밀한 취미를 들킨 것과 같은 표정을 하고 있었다.

"혹시 성함이 어떻게 되십니까?"

"…김정호라고 합니다."

무명 가수가 망설이다 입을 떼었다. 그의 이름을 듣는 순간 현우는 김정호라는 이름을 대번에 떠올렸다. 인터넷 기사에서 읽었던 종로연가의 원작자 이름이 바로 김정호였다.

'드디어 찾았다!'

현우는 새어 나오는 웃음을 꾹꾹 눌러 담았다. 우연히 편의점 길 건너편에 있는 라이브 카페를 들렀다가 종로연가의 원작자를 찾았다.

"선생님한테 곡을 사고 싶습니다!"

"……"

김정호가 멍한 표정을 지어 보였다. 현우가 방금 무슨 말을 했는지 어안이 벙벙하여 기억이 나지 않았다.

"예? 방금… 뭐라고 하셨습니까?"

"말 그대로입니다. 선생님의 곡을 사겠습니다."

뒤늦게 현우의 말을 이해한 김정호가 손에 들고 있던 악보들을 그만 바닥으로 떨어뜨리고 말았다.

"귀한 악보들을 떨어뜨리면 어떡합니까?"

현우가 빙긋 웃으며 송지유와 함께 악보를 주워 들었다.

*　　　*　　　*

다음 날인 일요일 낮 2시. 초록색 봉고차가 아현동 근처의 산동네로 들어섰다. 연립과 낡은 주택으로 빽빽한 산동네의 좁은 길을 따라 봉고차가 언덕을 올랐다. 그러다 파란색 벽돌로 지어진 연립주택 앞으로 봉고차가 멈추었다.

문이 열리며 현우와 송지유가 나란히 모습을 드러내었다.

"오셨습니까?"

혹여나 길을 잃을까 김정호가 마중을 나와 있었다. 밝은 대낮에 본 김정호는 검은 뿔테 안경에 평범한 인상의 남자였다.

"집이 좀 험한 곳에 있습니다."

김정호가 어색해하며 쭈뼛거렸다. 김정호를 따라 현우와 송지유는 낡은 계단을 올라 연립주택의 옥상으로 올라갔다. 낡은 옥탑 하나가 덩그러니 자리를 잡고 있었다.

"혼자 사십니까?"

현우가 옥탑을 보며 물었다. 인터넷 기사를 떠올리면 김정호에게는 아내가 존재했다. 그런데 옥탑을 살펴보니 다른 가족이 있을 것 같지는 않았다.

현우의 질문에 김정호의 표정이 급격하게 어두워졌다.

"얼마 전부터… 혼자 살고 있습니다."

"아, 그렇군요."

대충 짐작이 갔다. 가난한 무명 작곡가의 곁에 남아줄 여자가 과연 얼마나 많을까 싶었다.

옥탑 안으로 들어가니 싸구려 중고 작곡 장비들이 가득했다. 덕분에 겨우 서너 명 정도가 서 있을 수 있을 정도로 공간이 비좁았다.

"집, 집이 많이 좁습니다."

김정호는 미안함에 안절부절 어쩔 줄을 몰라 했다. 현우가 빙긋 웃었다.

"뭐 저희 회사도 만만치 않습니다. 지유야, 그렇지?"

"네. 맞아요."

현우의 농담에 잔뜩 긴장을 하고 있던 김정호가 조금은 안색을 회복했다.

"곡들을 좀 볼 수 있을까요?"

"잠, 잠시만."

김정호가 낡은 장비들로 가득한 책상으로 가 앉았다.

"구체적으로 어떤 곡을 들려드릴까요?"

"음."

현우는 머리를 긁적였다. 대놓고 종로연가를 들려 달라 할 수는 없었다. 미래를 알고 있다는 것은 여러모로 조심할 점들이 많았다.

"다 들어보고 싶은데요?"

"전부… 요? 작곡해 놓은 곡들이 좀 많습니다만……."

"상관없습니다. 오늘 작정하고 왔거든요."

"일단… 앉으시죠."

현우와 송지유가 비좁은 공간을 비집고 의자에 앉았다.

김정호는 현우와 송지유에게 그동안 작곡해 놓은 곡들을 들려주기 시작했다. 김정호가 작곡한 곡들은 음악적인 스펙트럼이 굉장히 넓었다. 서정적인 느낌의 포크송과 발라드뿐만 아니라, 밝고 통통 튀는 느낌의 가벼운 미디엄 템포의 댄스곡까지 있었다.

대부분 단순하고 후렴구가 반복적인 곡들이 많았지만 현우는 오히려 김정호의 능력에 놀랐다. 지금 가요계는 후크 송 형식의 댄스곡을 들고 나온 S&H와 JYB의 걸 그룹들이 양분을 하고 있었다. 10년을 거슬러 과거로 돌아온 현우는 이러한 후크 송 형식이 몇 년 내로 모든 음악 장르에 통용될 것이라는 사실을 알고 있었다.

어떻게 보면 단순하게 느껴질 수도 있었지만 김정호는 곧 다가올 트렌드에 완벽하게 맞아떨어졌다. 그리고 김정호가 만든 곡들의 느낌은 대부분 서정적이고 잔잔한 언더그라운드적인 느낌이 강했다.

문득 현우는 김정호의 이력이 궁금해졌다. 38살이라는 비교적 젊은 나이에 라이브 카페에서 일하는 이유를 듣고 싶었다. 현우의 생각으로는 어중간하게 음악을 한 인물이 아니었다.

"혹시 밴드 보컬을 하셨습니까?"

"……."

김정호의 얼굴이 붉어졌다. 현우의 질문은 기습적이었고 또 정곡을 찔렀다.

"맞습니다. 4년 전에 밴드를 그만두었죠. 사실… 도망을 쳤습니다. 현실에… 타협을 한 거죠."

"으음, 대충 짐작은 했습니다. 그럼 작곡은 언제부터 시작하신 겁니까?"

"밴드를 그만두고 멍하니 시간을 보내는 게 힘들어서 시작했습니다. 취미 삼아 시작을 했는데 어느 순간부터 작곡에 매달리게 되더군요."

현우는 말없이 고개를 끄덕였다.

곡은 원작자의 정서를 반영한다. 김정호가 만든 곡들은 하나같이 서정적이고 잔잔하면서도 그 이면에는 서글픈 정서가 느껴졌는데, 이제야 그 이유를 알 것 같았다. 그리고 김정호 본인은 모르고 있었지만 그가 만든 노래들은 하나같이 현우의 마음을 빼앗았다.

'아까운 사람이었어. 이런 사람이 생활고에 시달리다 사고로 죽었다니.'

단순히 종로연가를 구입하려고 했던 현우는 김정호가 탐이 났다. 홀로 독학을 했는데도 곡들이 훌륭했다.

'일단 종로연가부터 찾고, 그 다음에 이 양반을 꼬셔보자.'

생각을 정리한 현우는 본론을 꺼내기로 했다.

"혹시 트로트 장르는 없습니까? 사실 이 아이는 트로트 가수 지망생이거든요."

"트로트 말입니까?"

김정호가 의외라는 표정으로 송지유를 쳐다보았다. 가만히 앉아 있기만 해도 시선이 갈 정도로 마성의 매력을 가지고 있어 당연히 아이돌 지망생인 줄 알고 있었다. 그런데 트로트 가수 지망생이라니.

김정호는 잠시 말이 없었다. 그러더니 곡 하나를 틀었다. 전주가 시작되자마자 현우는 이 곡이 종로연가라는 사실을 깨달았다.

"노래가 참 좋은데요? 트로트인데도 유치하거나 가벼운 느낌이 전혀 없어요."

현우는 진심으로 김정호를 칭찬했다. 환심을 사려는 계획도 있었지만 종로연가는 실제로도 트로트의 느낌이 덜한 곡이었다.

"제목을 알 수 있을까요?"

"종로연가입니다."

"제목 참 좋네요."

현우는 태연하게 미소 지었다.

"어?"

송지유가 고개를 갸웃했다. 종로연가의 전주가 끝이 나자 갑자기 김정호의 목소리가 담긴 종로연가가 흘러나오기 시작했다.

"그, 그게!"

"계속 듣죠."

놀란 김정호가 재생을 멈추려 했지만 현우가 이를 제지했다. 그리고 갑자기 송지유가 김정호가 부른 종로연가를 따라 부르기 시작했다.

종로에서 만날 수 있을까요? 아니면 그대를 어디에서 만날 수 있나요?

송지유가 부르는 종로연가는 다른 노래가 되어 있었다. 청아한 음색의 저음에 쓸쓸하고 아련한 감정이 담기자 주란미가 불렀던 원곡과는 전혀 다른 느낌이 들었다. 처음에는 당황하던 김정호도 심각한 얼굴로 송지유가 부르는 종로연가를 경청하기 시작했다. 노래가 계속되자 김정호는 대놓고 송지유에게 몰입했다.

사랑에 빠진 얼굴. 아니, 정확하게 말하자면 김정호는 작곡가가 자신만의 뮤즈를 만났을 때의 표정을 하고 있었다.

송지유가 부르는 종로연가가 끝이 났다. 아쉬움에 김정호는 미약하게나마 손까지 떨고 있었다. 스무 살짜리 아가씨가 자신의 노래에 생명을 불어넣어 주었다. 홀로 작곡만 하며 은둔 생활을 했던 김정호에게는 커다란 충격이었다.

'잘하면 그냥 곡을 주겠는데?'

현우의 입가가 위로 올라가 있었다.

"너무 좋은 노래예요. 종로연가라고 했죠? 저 꼭 이 노래를 부르고 싶어요, 선생님."

"아……."

송지유의 미소와 칭찬에 감격을 받은 김정호는 정신을 차리지 못하고 있었다. 그러다 갑자기 김정호가 현우를 직시했다.

"실례가 아니라면 종로연가 말고 다른 곡 하나를 더 들려주고 싶습니다. 지유 씨가 이 노래를 부르는 모습을 꼭 한번 보고 싶습니다."

내내 의욕도 없이 축 처져 있던 김정호가 기이한 열기를 내뿜고 있었다. 현우는 본능적으로 일종의 감을 느꼈다.

"좋습니다. 힘든 일도 아닌데요, 뭐."

현우의 허락이 떨어지자마자 김정호가 곡을 재생시켰다.

"근데 제목이 뭡니까?"

"종로의 봄. 종로의 봄입니다."

'종로의 봄?'

얼핏 들으면 종로연가와 곡명이 비슷했다. 하지만 전주가 시작되고 흘러나오는 멜로디에 현우의 눈동자가 점점 커져갔다. 송지유도 마찬가지였다. 현우와 송지유는 숨조차 제대로 쉬지 못하고 종로의 봄에 귀를 기울였다.

종로의 봄은 곡명처럼 봄을 연상시켰다. 따스하고 잔잔했다. 그 따스하고 잔잔한 서정적인 느낌이 현우와 송지유의 감성을 파고들었다.

멜로디가 잦아들고 김정호가 현우와 송지유를 살폈다. 두 사람의 반응이 궁금했기 때문이다.

"어떻습니까?"

"대체… 이런 곡을 어떻게 만드신 겁니까?"

현우의 솔직한 감상평이었다. 종로의 봄은 전주가 시작된 순간부터 현우의 마음을 사로잡았다. 종로연가를 구입하기 위해 왔다가 생각지도 못하게 명곡을 발견해 내었다. 마치 진흙탕 속에서 진주를 캐낸 것 같은 심정이었다.

"지유야. 네가 직접 불러봐."

과연 송지유가 불렀을 때의 종로의 봄은 어떨까, 현우는 가슴이 두근거렸다.

"제가 녹음한 가이드 곡을 틀어드리겠습니다."

"선생님, 가이드 곡을 듣고 저 혼자서 불러 봐도 될까요?"

"물, 물론입니다."

송지유는 헤드폰을 쓰고 두 눈을 감았다. 김정호가 부른 가이드 곡을 세 번이나 들은 후에야 송지유가 헤드폰을 벗었다.

"이제 부를 수 있어요."

김정호가 종로의 봄을 재생시켰다. 전주가 흐르고 송지유가 종로의 봄을 부르기 시작했다. 송지유가 부르는 종로의 봄은 듣는 이의 가슴을 울렁거리게 할 정도로 감성을 자극했다. 하지만 무언가 묘했다. 연주곡 형태인 멜로다나 김정호의 가이드 곡과는 다르게 묘하게 가슴 한쪽이 저렸다. 송지유 특유의 청아하면서도 아련한 감성이 곡에 고스란히 묻어 나왔다.

"……."

"……."

현우는 물론이고 원작자인 김정호도 말을 잇지 못했다. 종로의 봄은 송지유를 위해 탄생한 노래 같았다.

'이건 무조건 대박이다!'

현우는 등골이 짜릿하다는 말이 무슨 의미인지를 오늘 깨닫고 말았다. 3분이 조금 넘는 러닝 타임이 눈 깜짝할 사이에 흘러 버렸다. 지금 현우가 느끼고 있는 감정은 딱 한 가지였다.

'한 번 더 듣고 싶다.'

별로 고민할 필요도 없었다. 송지유도 아쉬움이 남아 보였다.

"한 번만 더 들어보자."

현우의 제안에 송지유가 모처럼 웃었다. 김정호는 어느새 통기타까지 들고 왔다. 통기타 연주가 더해지자 트로트 곡이라는 느낌이 전혀 들지 않을 정도였다.

"수고하셨습니다!"

노래를 마치고 송지유가 김정호에게 꾸벅 고개를 숙여 보였다.

"저도 감사했습니다. 제가 만든 노래가 이렇게까지 달라질 줄은 몰랐습니다. 정말 신기한 일이네요."

음악적 교감을 나눈 후라 그런지 김정호도 어색함이 많이 사라져 있었다.

반면, 가만히 두 사람을 지켜보고 있던 현우는 빠르게 생각을 회전시키고 있었다. 종로연가와 종로의 봄 두 곡 전부 욕심이 났다. 하지만 이 두 곡보다 더 욕심이 나는 건 바로 김정호였다. 지금이야 라이브 카페에서 노래를 부르는 무명 작곡가였지만 세상에 알려지기라도 하는 순간 김정호는 유명 작곡가의 반열에 오를 것이 분명했다.

김정호는 현우가 과거로 돌아오기 전에는 교통사고로 목숨을 잃었다. 하지만 현우는 미래를 알고 있었다. 교통사고 따위는 얼마든지 바꿀 수 있다.

"종로연가랑 종로의 봄, 두 곡 전부 사겠습니다. 200만 원 드리죠."

"예?!"

김정호가 크게 놀랐다. 무명 작곡가의 곡들은 보통 50만 원에서 100만 원 정도를 받는다. 하지만 김정호는 스스로를 작곡가라고 생각한 적이 단 한 번도 없었다. 그저 취미로 작곡을 해왔을 뿐이었다. 그러니 현우의 제안을 파격적이라고 생각할 수밖에 없었다.

반대로 현우는 초조했다. 종로연가는 그렇다 쳐도 종로의 봄은 메가 히트곡으로서의 가능성이 충분했다. 사실 200만 원이라는 금액이 부끄러울 정도였다.

"제가 만든 곡들이 그만한 가치가… 있다고 생각하지 않습니다. 지유 씨가 제 노래를 불러준 것만 해도 감사한데 200만 원은 너무 금액이 큽니다. 사실 음악을 돈으로 계산하고 사고 파는 것도 좀 그렇고……"

김정호의 자신 없는 모습에 순간 현우는 울컥했다. 과거로 돌아오기 전의 자신의 모습을 보는 것만 같았다.

굳은 얼굴로 현우가 김정호에게 말했다.

"선생님은 스스로의 가치를 잘 모르고 계시는군요. 사실 솔직하게 말씀드리자면 200만 원이라는 액수도 적습니다. 제가 보증하죠."

"…그럴까요?"

김정호가 쓸쓸히 웃었다. 그의 시야로 곰팡이로 얼룩진 벽지가 보였다.

"그럼 이건 어떻습니까? 선생님을 우리 어울림의 전속 작곡가로 모시고 싶습니다. 그러니까 200만 원은 계약금 정도로 생각하시면 될 겁니다."

"…전속 작곡가를 말씀하시는 겁니까?"

"그렇습니다."

"……"

김정호는 망설이고 있었다. 그리고 현우는 김정호가 무슨 생각을 하고 있는지 알고 있었다. 김정호는 그저 음악이 좋아

하루하루를 살아가는 예술가였다. 김정호는 기획사에 묶여 예술가로서의 자유를 박탈당할까 두려워하고 있었다.

"전속 작곡가로 계약을 한다고 달라지는 건 없을 겁니다. 그냥 지금처럼만 해주시면 됩니다. 곡을 쓰고 싶을 때는 쓰고 아니면 무엇을 하든 선생님 자유입니다. 약속드리죠."

"정말입니까?"

현우는 고개를 끄덕였다. 그러고는 송지유를 슥 쳐다보았다.

"선생님이 만든 곡들을 지유가 부른다고 생각해 보세요."

"선생님이 만드신 노래들을 부를 수만 있다면 참 행복할 것 같아요. 정말이에요."

송지유가 생긋 웃었다.

송지유의 말에 김정호는 대번에 생각이 바뀌어 버렸다. 오늘 김정호는 송지유가 자신이 만들어놓은 곡에 생명력을 불어넣어 주는 것을 똑똑히 지켜보았다. 앞으로 송지유가 자신이 만든 곡들을 부르게 된다는 생각을 하니 가슴이 두근거릴 정도였다.

더 생각하고 고민할 필요도 없음을 김정호는 깨달았다.

"그… 전속 계약이라는 거 하겠습니다."

"잘 생각하셨습니다! 하하!"

현우가 호호탕탕하게 웃었다.

종로연가와 종로의 봄, 두 곡을 얻었다. 어디 이뿐인가. 천재적인 잠재력을 가지고 있는 작곡가와 전속 계약까지 맺었다. 김정호의 능력이라면 앞으로 송지유의 곡 걱정은 없다.

현우가 김정호를 향해 손을 내밀었다.

"악수 한번 하시죠."

"아, 예."

＊　　　＊　　　＊

봉고차 운전대를 잡고 있는 현우는 입가에 내내 미소가 걸려 있었다.

"오빠."

"응. 말해."

현우가 조수석에 앉아 있는 송지유를 흘깃 쳐다보았다. 팔짱까지 낀 채로 송지유는 심각한 얼굴을 하고 있었다.

"김정호 선생님이 작곡가라는 건 어떻게 알았어요?"

"응?"

현우의 입가에서 일순간 미소가 사라졌다.

"오빠를 만나고 나서 겪었던 일들을 쭉 생각해 봤어요. 근데 우연이라고 생각하기에는 신기한 일들이 너무 많아요."

"그, 그래?"

현우는 가슴이 철렁했다. 여자의 직감이라는 것은 가끔가다 말로는 설명이 안 되는 일들을 짚어내곤 한다.

"네. 이상해요. 처음에는 진짜 사기꾼인 줄 알았거든요."

"야. 너 아직도 나를 사기꾼으로 의심하는 거야?"

진심이 아니라는 것을 알고 있었지만 현우는 헛웃음이 나왔다. 무표정한 얼굴로 송지유가 현우를 노려보았다.

"그럼 대체 뭐예요?"

"춥다, 추워. 너 그런 표정으로 사람 쳐다보지 마. 이제 연예인이 될 텐데 표정 관리해야지. 방송 나가서도 그런 표정하면 괜히 안티만 늘어."

현우가 말을 돌렸다. 결국 송지유가 한숨을 내쉬었다.

"알았어요. 그럼 오빠는 매니저로서 타고났거나 아니면 운이 엄청 좋은 사람이라는 소리네요? 이걸로밖에는 설명이 안 되니까요."

마침 신호가 걸려 현우는 차를 세웠다. 현우가 몸을 돌려 송지유를 똑바로 쳐다보았다.

"둘 다 맞아. 매니저로서의 능력도 타고났고 억세게 운도 좋지. 무엇보다 온 우주의 기운이 나를 향해 있거든."

"사기꾼."

"야! 너 아무리 장난이라도 그렇지!"

현우가 얼굴을 찌푸렸지만 송지유는 눈 하나 깜짝하지 않았다. 대신 새하얀 손가락으로 신호등을 가리켰다.

"신호 바뀌었어요."

"그래그래. 알았다."

결국 체념을 한 현우가 액셀을 밟았다. 송지유가 운전에 집중하고 있는 현우의 옆얼굴을 몰래 훔쳐보았다.

"고마워요. 오빠 덕분에 좋은 노래를 부를 수 있게 된 것 같아요."

송지유가 들릴 듯 말 듯 작은 목소리로 말했다.

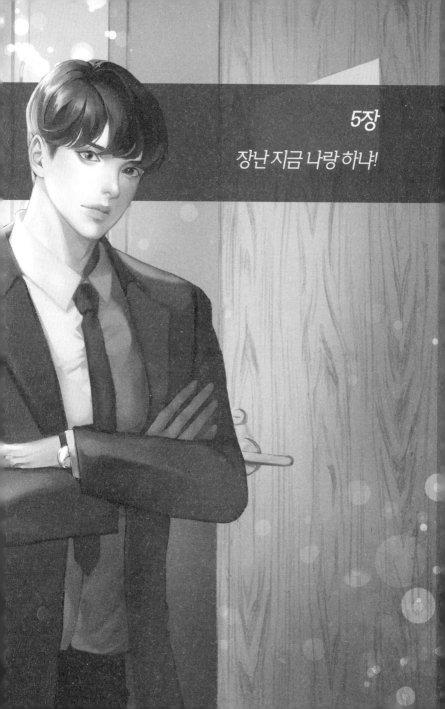

5장

장난 지금 나랑 하냐!

　현우가 어울림에서 일을 시작한 지도 어느새 한 달이 흘러 있었다.

　한 달 사이 송지유의 성장세는 무서울 정도였다.

　송지유는 추향이 가지고 있는 것들을 스펀지처럼 빨아들였다.

　전속 작곡가로 계약을 맺어 한 식구가 된 김정호도 종로연가와 종로의 봄의 편곡을 마쳐놓은 상태였다.

　김정호가 송지유를 위해 편곡한 종로연가와 종로의 봄은 이전보다 더욱 세련된 느낌을 주었다.

"피곤하지만 기분은 좋네."

현우가 혼잣말을 중얼거리는 사이 송지유가 3층 사무실로 들어섰다. 순간 칙칙했던 사무실이 환해졌다.

"왔어?"

억지웃음을 지으며 현우가 송지유를 반겼다. 송지유는 소파에 앉아 현우를 살폈다.

"얼굴이 또 왜 그래요?"

"왜 이상해?"

"네."

"뭐 이래저래 매니저로서의 고민이 있는 법이지. 넌 신경 쓸 것 없어. 근데… 오늘 일요일이잖아? 무슨 일로 온 거야?"

현우는 일요일만큼은 무조건적으로 송지유를 쉬게 했다. 그런데 기숙사에 있어야 할 아이가 사무실을 찾아왔다.

"있잖아요."

송지유답지 않게 서두가 길었다.

"뭔데? 말해봐."

"곧 학교 축제인데, 과 대표로 축제 무대에서 노래를 불러야 할 것 같아요."

더 듣지 않아도 뻔했다. 시커먼 남자 녀석들이 주도를 하여 송지유를 적극 추천했을 것이 분명했다.

"…괜찮을까요?"

데뷔가 임박했음을 송지유도 잘 알고 있었다. 그러했기에 가장 먼저 현우를 찾아와 묻고 있는 것이었다.

"넌 어떻게 하고 싶은데?"

"저는 오빠 의견이 더 중요해요."

"그래?"

내색은 하지 않았지만 현우는 내심 뿌듯했다.

"데뷔 전에 친구들이랑 추억을 쌓는 것도 나쁘지는 않아."

"정말요?"

"뭐 나쁜 일 하는 것도 아니잖아. 그리고 대학 축제 무대면 사람들도 많을 거고 여러모로 좋은 기회가 될 수도 있어."

현우의 말에 송지유의 얼굴이 환해졌다.

"축제는 언젠데?"

"다음 주 화요일이에요."

"알았어."

"오빠도… 올 거죠?"

송지유가 조심스레 물었다.

"네가 오라면 가고."

"그럼 오세요!"

일말의 망설임도 없이 송지유가 대답했다.

*　　　*　　　*

5월 초순에 접어들어 저녁 무렵인데도 날씨는 포근했다.

현우는 가벼운 옷차림으로 홍인대학교의 정문으로 들어섰다.

그리고 송지유가 일러준 대로 패션디자인학과가 있는 미술학관으로 향했다.

축제 당일이라 그런지 캠퍼스는 청춘들로 붐비고 있었다.

미술학관에 도착한 현우가 핸드폰을 들었다. 얼마 가지 않아 송지유의 친구 몇 명이 모습을 드러내었다.

"현우 오빠 맞죠?"

짧은 단발머리에 귀여운 인상의 여대생이 대뜸 현우에게 물었다. 현우는 고개를 끄덕거렸다.

"방금 전에 통화했던 지유 친구예요. 김은정이라고 합니다. 안녕하세요!"

김은정에 이어서 다른 여대생들도 현우에게 인사를 했다.

"지유 매니저 김현우입니다."

"와! 매니저래!"

"대박! 완전 대박!"

김은정과 친구들이 호들갑을 떨었다. 잠시 웃음기를 머금고 있던 현우는 미술학관 건물을 바라보며 입을 열었다.

"지유는 어디에 있어요?"

"곧 나올 거예요! 아! 저기 나오네요!"

현우의 시선이 자연스레 김은정을 지나 미술학관의 입구로 향했다. 그곳에는 송지유가 서 있었다. 현우는 자기도 모르게 그만 입을 벌리고 말았다.

진한 개나리 색깔의 원피스가 너무나도 잘 어울렸다. 특히 가느다란 허리를 천으로 묶어놓고 리본으로 매듭을 지었는데 고전미를 물씬 풍겼다.

살구 빛깔이 도는 연한 화장도 좋았고, 뒤로 넘겨 치렁치렁 하게 흘러내리는 헤어스타일도 고급스러웠다. 마지막으로 하얀색 하이힐이 화룡점정을 찍고 있었다.

"예쁘네요. 진짜로."

"그렇죠?! 화장이랑 원피스도 그렇고 머리도 저희가 다 만진 거예요."

"대단한데요? 역시 패션디자인과 학생들답네요."

현우는 김은정과 두 명의 친구들을 진심으로 칭찬해 주었다. 이 정도면 어지간한 코디네이터들도 따라오지 못할 수준이었다.

"어때요? 괜찮아요?"

어느새 송지유가 다가와 물었다. 송지유답지 않게 부끄러운 기색을 보이고 있었다. 뜻밖의 모습에 현우는 픽 웃었다.

"당연하지. 누가 보면 오늘 너 데뷔하는 줄 알겠다."

현우의 입이 귀에 걸려 있었다.

현우는 김은정과 함께 송지유를 데리고 축제 무대가 자리 잡고 있는 대운동장 쪽으로 향했다.

걸음을 옮길 때마다 송지유를 향해 많은 이들의 시선이 쏟아졌다.

그리고 그만큼 현우는 어깨가 으쓱했다. 직접 육성하고 있는 소속 연예인이 주목을 받는다는 것이 이렇게 기분 좋은 일인 줄은 미처 몰랐다.

대운동장에는 벌써 많은 인파들이 몰려 있었다.

현우는 대운동장에 설치된 커다란 무대를 살펴보았다. 대학 축제답게 무대도 훌륭했다. 진행 요원으로 일하고 있는 학생회의 남학생을 따라 현우 일행은 무대 뒤편에 설치된 천막 대기실로 들어갔다.

널따란 대기실 안으로 각 학과마다 자리를 잡고 있었다.

"저기 있다!"

김은정이 송지유의 팔짱을 끼고 패션디자인학과라 새겨진 테이블로 향했다.

테이블 쪽에선 패션디자인학과 학생들이 송지유를 기다리고 있었다.

"와! 뭐야?! 송지유 더 예뻐졌잖아!"

같은 과 동기들의 질투 어린 칭찬들이 쏟아지고 있었다. 그러다 동기들의 시선이 송지유의 옆에 서 있는 현우에게로 쏠아졌다.

"어? 혹시 지유 회사 매니저세요? 맞죠?"

"네, 그렇습니다. 김현우입니다. 다들 반가워요."

현우가 인사를 건넸다.

대부분이 여자들로 이루어진 패션디자인학과 학생들은 현우를 살펴보고 수군거리기 시작했다.

"얘들아, 생각했던 것보다 잘생기지 않았어?"

김은정의 말에 여기저기서 꺅꺅 비명이 쏟아졌다.

"오빠 혹시 이따가 시간 되세요?"

"네. 될걸요? 왜요?"

"저희 과에서 노예팅 하는데 참가하실래요? 참가하시면 현우 오빠는 제가 살게요!"

"저도요!"

여기저기서 비슷한 말들이 쏟아졌다. 여학생들이 대부분인지라 금방 장내가 소란스러워졌다.

"……."

결국 곤란해하는 현우를 위해 송지유가 김은정과 동기들을 쏘아보았다. 이내 소란스러웠던 장내가 잦아들었다.

축제 무대의 순서는 간단했다. 저녁 6시부터 8시까지는 각 학과의 대표들이 무대에서 노래를 부른다. 그리고 8시부터

10시까지 학생회에서 섭외를 한 연예인들이 출연을 한다. 즉 본무대가 펼쳐지는 셈이었다.

마침내 저녁 6시가 되었고 각 학과에서 뽑힌 대표들이 축제 무대에서 노래를 부르기 시작했다.

송지유가 속한 패션디자인학과는 가장 마지막 순서로 잡혀 있었다.

가수 준비를 하고 있는 송지유를 위해 과 대표인 김은정이 특별히 학생회에 부탁을 했기 때문이었다.

'제법 좋은 친구를 두었네.'

지금도 김은정은 부지런히 송지유의 머리와 화장을 점검하고 있었다.

시간이 흐르고 축제 무대를 마친 다른 학과의 학생들이 대기실을 비워갔다.

송지유의 무대가 가까워질 무렵, 대기실 문이 열리며 갑자기 걸 그룹 한 팀이 쏟아져 들어왔다.

여기저기서 환호 섞인 비명들이 쏟아져 나왔다. 갑작스레 연예인들이 대기실 안으로 들어오니 그럴 만도 했다. 그것도 요즘 한참 인기몰이를 하고 있는 S&H의 13인조 신인 걸 그룹 핑크플라워였다.

대기실에 남아 있는 학생들의 선망 어린 시선들이 핑크플라워에게로 쏟아졌다.

"연예인 대기실이 꽉 찼다니 그게 말이 됩니까? 다른 회사들은 연예인 대기실을 쓰는데 우리 S&H만 여기를 쓰란 말입니까?!"

차갑고 날카로운 인상의 매니저 한 명이 학생회의 진행 요원에게 문제를 제기했다. 무리한 스케줄 탓에 피곤에 절어 있는 핑크플라워의 멤버들도 그다지 기분이 좋아 보이지는 않았다.

"저, 그, 그게 어차피 저희 학교 학생들 무대가 끝나면 대기실이 비워져서……."

"그럼 저 학생들이라도 지금 당장 다른 대기실로 이동시켜주시죠. 이 좁은 천막 대기실에서 학생들이랑 같은 대기실을 쓸 수는 없지 않습니까? 안 그래요?"

S&H의 매니저가 패션디자인학과 쪽을 가리키고 있었다. 진행 요원들은 어쩔 줄을 몰라 하고 있었다.

때마침 무전을 듣고 학생회장이 나타났다.

"정말 죄송합니다. 이진태 팀장님이 이해를 좀 해주시면 안 될까요?"

"진행을 어떻게 하길래 대우를 이렇게밖에 못 하는 겁니까? 바쁜 시간 들여서 여기까지 왔는데 이런 식으로 나오면 곤란합니다."

"죄송합니다. 한 번만 양해를 해주세요, 팀장님."

"그것 참."

학생회장의 간곡한 부탁에 겨우 사건은 일단락되나 싶었다.

하지만 별안간 문제가 터지고 말았다.

13명이나 되는 핑크플라워의 멤버들이 테이블로 향하다 김은정의 어깨를 연달아 건드렸다. 균형을 잃은 김은정이 그만 뒤로 넘어지고 말았다.

"아야야!"

김은정이 얼굴을 찌푸렸다.

"그러니까 좀 나가 있으라니까 왜 버티고 있어서… 됐고, 그만 길 막고 좀 비킵시다."

이진태 팀장이 잔뜩 짜증이 난 얼굴로 김은정뿐만 아니라 패션디자인학과 학생들을 쏘아붙였다.

조용히 상황을 지켜보고 있던 현우의 얼굴이 굳어졌다.

"말은 똑바로 하시죠. 우리가 언제 길을 막고 있었습니까? 부주의했던 건 그쪽 연예인들 아닙니까?"

"뭐?"

이진태 팀장이 몸을 돌려 현우를 노려보았다.

"학생이 봤어요?"

"봤습니다."

"그래서 사과라도 할까?"

"지금 반말하신 겁니까?"

"내가 올해 30살이야. 반말 좀 하면 안 되나? 나보다 한참 어려 보이는데?"

"자기보다 어리면 그쪽은 반말부터 합니까?"

"하아. 진짜 짜증나게 하네?"

정곡을 찌르는 현우의 말에 이진태 팀장의 얼굴이 새빨개 졌다.

"우리가 학생들처럼 한가하게 축제나 즐기러 온 줄 알아? 우 린 일하러 온 거라고. 그러니까 그냥 넘어갑시다. 응?"

"사과는 하시죠. 하마터면 다칠 뻔했습니다."

현우는 물러서지 않았다.

"팀장님, 무시해요. 괜히 이런 일 가지고 인터넷에 글이라도 올라오면 큰일 나요. 저런 사람들은 조심해야 한다고 하셨잖 아요."

핑크플라워의 리더인 전소정이 이진태 팀장을 말렸다.

"후우. 소정이랑 우리 애들 봐서 넘어가니까 다음부터 조심 해라. 아, 그리고 미안합니다. 학생들?"

슬쩍 비꼰 이진태 팀장이 현우를 스치고 지나갔다.

상대할 가치도 없는 인간이었기에 현우는 그냥 피식 웃고 말았다.

그런데 송지유는 그게 아닌 모양이었다. 현우가 무시를 당 했다는 생각에 송지유의 얼굴이 급격하게 얼어붙었다.

"……."

송지유의 차가운 눈동자가 전소정과 핑크플라워의 멤버들에게 향했다. 그리고 송지유의 분홍빛 입술이 서서히 열렸다.

"수준 낮아."

단 한마디였지만 파급력은 엄청났다. 몸을 돌려 빈 테이블로 향하던 전소정과 핑크플라워의 멤버들이 일제히 고개를 돌렸다.

"너, 우리 팀장님한테 수준 낮다고 했어?"

전소정이 앙칼진 목소리로 물었다.

"응. 그런데 너랑 멤버들은 왜 빼?"

송지유는 눈 하나 깜짝하지 않고 오히려 되묻고 있었다.

현우는 머리에 번개를 맞은 것 같았다.

그동안 송지유의 본모습을 까마득하게 잊고 있었다. 송지유는 팔짱을 끼고는 오연한 태도로 전소정과 핑크플라워의 멤버들을 바라보고 있었다.

싸늘한 분위기의 송지유는 일당백이라는 표현도 부족할 정도였다.

"뭐, 뭐라고?"

전소정은 송지유의 포스에 놀라 당황함을 숨기지 못하고 있었다.

결국 핑크플라워의 멤버인 이혜미가 앞으로 나섰다. 아담한 체구의 전소정과 달리 이혜미의 신장은 무려 170㎝에 가까웠다.

"너 지금 우리들한테 수준 낮다고 말한 거니?"

이혜미가 사나운 어조로 송지유에게 따졌다. 송지유는 여전히 오연한 얼굴을 하고 있었다.

"그럼 여기서 수준 낮은 인간들이 너희들밖에 더 있어?"

"말 다했어?!"

"당장 내 친구랑 현우 오빠한테 사과해."

"사과를 하라고? 우리가 뭘 어쨌는데?"

뻔뻔한 태도에 패션디자인학과의 학생들뿐만 아니라 학생회의 진행 요원들도 눈살을 찌푸렸다.

송지유가 이혜미의 코앞으로 다가갔다. 신장 차이 때문에 이혜미를 올려다보는 모양새였지만 송지유는 아랑곳하지 않았다.

"내 친구 밀치고 간 거 사과해. 그리고 너희 팀장이랑 전소정이 우리 현우 오빠한테 막말한 것도 사과해."

"사과 못 하겠는데?"

"진짜 수준하고는."

"이게?!"

이혜미가 테이블 위에 놓여 있는 물병을 집어 들었다. 그럼

에도 송지유는 눈 하나 깜짝하지 않았다.

"던져봐. 맞아줄 테니까. 대신에 너희 다시는 TV에 못 나오게 될 거야."

핑크플라워 멤버들이 이제야 주변을 살피기 시작했다. 김은정을 시작으로 패션디자인학과의 학생들이 하나둘 핸드폰을 꺼내 들었다.

순간 사나운 얼굴을 하고 있던 이혜미가 급히 물병을 내려놓았다.

전소정과 핑크플라워 멤버들의 분위기도 일순간에 변해 버렸다. 일부러 전소정과 이혜미를 방관하고 있었던 이진태 팀장도 얼굴색을 싹 바꾸었다.

'태세 변환 봐라.'

현우는 속으로 혀를 찼다.

"워워. 미안합니다. 미안해요. 됐죠? 그러니까 그것 좀 치워 줘요."

이진태 팀장이 학생들에게 통사정을 했다.

"그럼 사과하세요."

송지유가 차갑게 대꾸했다. 이진태 팀장의 얼굴이 일그러졌다.

하지만 어쩔 수가 없다고 판단한 이진태 팀장이 결국 현우에게 다가왔다.

"미안합니다. 말이 심했습니다."

"죄송합니다."

전소정도 현우에게 사과를 했다. 핑크플라워 멤버들도 하나둘 김은정에게 사과를 해왔다.

"미안해요. 저도 말이 좀 지나쳤어요."

송지유도 사과를 했다. 하지만 표정만큼은 여전히 오연했기에 전소정과 이혜미가 분한 얼굴로 송지유를 노려보았다.

어쨌든 상황은 종료되었다. 송지유 단 한 명에 의해서 말이다.

이진태 팀장은 핑크플라워의 멤버들을 데리고 일부러 대기실 끝 쪽으로 자리를 잡았다.

김은정과 동기들이 송지유에게로 몰려들었다. 거대 기획사 소속의 걸 그룹에게도 기죽지 않는 송지유가 대단해 보였다.

동기들은 한껏 들떠 있었지만 송지유는 얼굴이 어두워져 있었다.

"미안해요. 참았어야 했는데… 못 참았어요."

송지유가 기어들어 가는 목소리로 현우에게 말했다. 어찌되었든 거대 기획사 S&H를 상대로 데뷔도 전에 대형 사고를 친 셈이었다.

앞으로 벌어질 뒷수습은 오롯이 현우의 몫이라는 것을 송지유는 잘 알고 있었다. 그래서 송지유는 현우의 눈치를 살폈다.

현우가 크게 화를 낸다고 해도 할 말이 없다고 생각했던 것이다.

하지만 그러한 걱정과 달리 현우는 송지유의 어깨로 손을 올렸다. 그러고는 씩 웃었다.

"잘했어. 잘못한 쪽은 저쪽이야. 지유 넌 잘못한 것 없다. 난 오히려 멋있던데? 송지유다웠다."

"……."

그 말에 송지유의 눈동자가 붉어졌다.

*   *   *

"잘할 수 있지? 조금 전 일은 신경 쓸 거 없어. 알았어?"

현우가 송지유의 눈을 똑바로 쳐다보며 기합을 넣어주었다. 송지유는 픽 웃으며 고개를 끄덕거렸다.

"다 잊었어요. 그러니까 걱정 말아요."

"지유야! 파이팅! 너한테 우리 패션디자인학과의 명예가 달려 있어! 과대 친구 체면 좀 살려줘! 알았지?"

"우윳빛깔 송지유 파이팅!"

김은정과 친구들이 마지막으로 의상을 점검해 주었다. 그리고 마침내 송지유가 축제 무대에 올랐다. 송지유를 향해 홍인대학교 학생들의 환호성이 쏟아졌다.

사회자가 급히 마이크를 들었다.

"자자! 대망의 마지막 무대! 홍인대학교의 퀸카로 유명한 패션디자인학과의 송지유 양입니다! 박수 한번 쳐주세요! 박수! 박수!"

사회자의 노련한 진행에 남녀 할 것 없이 박수가 쏟아져 나왔다.

전주가 흘러나왔다. 낯선 전주에 대다수의 학생들은 의아함을 표시했고, 일부 학생들은 오오! 하는 환호성을 토해내었다.

송지유가 선택한 곡은 월량대표아적심(月亮代表我的心), 우리말로 풀이하면 달빛이 내 마음을 대신하네, 라는 제목의 곡이었다.

원곡 가수는 중화권과 아시아를 넘어 세계적인 가수로 기억되고 있는 등려군이었다.

대만 국적의 그녀는 주로 일본과 중국을 제외한 중화권에서 활동을 했는데, 살아생전 중국에서는 그녀에 관한 모든 것들이 금지되고 통제될 정도였다.

낮에는 등소평이 지배를 하고 밤에는 등려군이 지배한다는 말이 나올 정도로 중국 인민들은 남몰래 라디오로 그녀의 노래를 훔쳐 들었고 그녀를 사랑했다.

그리고 송지유는 과감하게 등려군의 대표곡인 월량대표아
적심을 축제 무대의 곡으로 선택했다.

"호오. 어려운 노래를 선택했네."

현우는 송지유가 부르는 월량대표아적심이 기대가 되었다.

그사이 전주가 끝이 나고 송지유의 청아한 음성이 흘러나
오기 시작했다.

낯선 노래에 잠깐이나마 경계심을 보였던 학생들이 조금씩
송지유의 청아한 음성에 빨려 들어가기 시작했다. 워낙 곡도
좋았지만 송지유는 너무나도 훌륭히 등려군의 대표곡을 표현
하고 있었다.

잔잔하면서도 애절한 감성에 학생들은 숨을 죽이고 무대에
빠져 있었다.

현우는 흐뭇한 얼굴로 송지유로부터 눈을 떼지 못했다. 그
러던 중 소란스러운 분위기에 현우의 고개가 옆으로 돌아갔
다.

대기실 앞에서 핑크플라워의 멤버들과 이진태 팀장이 아니
꼬운 시선으로 송지유를 바라보고 있었다.

그러더니 아예 관객석 근처까지 다가와 대놓고 관람을 시작
했다.

"아, 진짜 저 사람들 뭐야!?"

김은정과 학과 동기들이 열을 냈다. 이진태 팀장이 의도적으로 송지유에게 쏠린 관심을 돌려 무대를 망치려 하고 있었다.

'치졸한 놈!'

현우는 회귀를 한 후 처음으로 분노라는 감정을 느끼고 있었다.

그사이 일부 학생들이 핑크플라워를 발견하고 호들갑을 떨었다. 무대 위에 올라 있는 송지유도 핑크플라워를 발견해 버리고 말았다.

집중력이 흐트러지려는 찰나, 무대 앞으로 현우가 모습을 드러내었다.

'계속해! 괜찮아!'

현우의 입 모양을 읽은 송지유가 두 눈을 감고 더욱더 노래에 집중했다. 핑크플라워의 등장에 시선을 뺏겼던 학생들이 다시 송지유에게 집중하기 시작했다.

졸지에 관객이 되어버린 핑크플라워 멤버들이 애써 표정 관리를 했다.

현우가 고개를 돌리자 때마침 이진태 팀장의 시선도 현우를 향해 있었다. 이진태 팀장 역시 똥 씹은 표정을 하고 있었다.

무대가 성공적으로 끝이 났고 박수와 환호가 한동안 끊길 줄을 몰랐다. 현우는 무대 계단을 내려오는 송지유의 손을 잡아 주었다.

"수고했어. 훌륭했다."

"오빠 아니었으면 중간에 가사랑 박자 다 놓칠 뻔했어요."

송지유가 안도의 한숨을 쉬며 말했다.

현우는 송지유를 데리고 대기실로 향했다. 그러다 무슨 악연인지 또 이진태 팀장을 비롯해 핑크플라워와 정면으로 마주치고 말았다.

"노래 실력이 대단하더군요. 우리 S&H에서 가수를 해볼 생각은 없습니까?"

대뜸 이진태 팀장이 송지유에게 명함을 건넸다. 참으로 대단한 철면피였다.

명함을 받은 송지유는 일말의 망설임도 없이 다시 명함을 이진태 팀장에게로 돌려주었다.

명백한 거절에 이진태 팀장이 고개를 갸웃했다.

"S&H를 몰라요? 우리나라 하면 딱 떠오르는 회사인데?"

"알아요. 아는데, 저는 이미 회사도 있고 매니저도 있어요."

송지유의 시선이 현우에게로 향했다. 이진태는 노골적으로 불편한 기색을 보이며 현우를 쳐다보았다.

"매니저 양반. 회사 이름이 뭡니까?"

"어울림입니다."

"어울림?"

이진태가 급히 핸드폰으로 어울림을 검색했다. 그러더니 코웃음을 쳤다. 검색을 해도 나오지 않는다면 영세 회사나 마찬가지란 소리였다.

"그럼 잘해봐요."

이진태 팀장이 현우의 곁을 스치며 지나갔다. 이혜미도 지나가며 송지유를 흘겨보았다.

"수고하렴. TV에서 꼭 볼 수 있었으면 좋겠어. 뭐, 데뷔나 하면 다행이겠지만."

핑크플라워의 다른 멤버들도 깔깔 웃음을 터뜨리며 사라졌다.

"와! 저것들이 진짜! 이제 보니까 인성 쓰레기들이었네!?"

김은정과 학과 동기들이 분통을 터뜨렸지만 송지유는 태연했다.

'지금은 마음껏 웃어둬. 나중에도 그렇게 웃을 수 있나 보자.'

현우도 속으로 그들을 비웃었다.

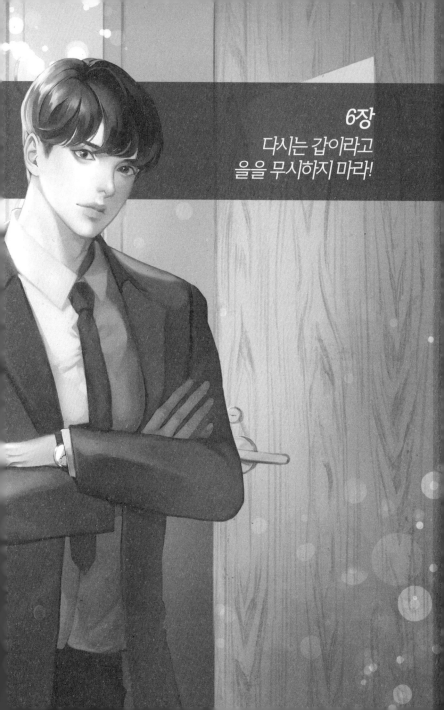

6장
다시는 갑이라고
을을 무시하지 마라!

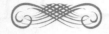

오전 6시, 어울림의 3층 사무실은 불이 환하게 밝혀져 있었다.

'이제 녹음만 하면 되는데 말이야.'

현우는 한숨을 삼켰다.

솔직하게 말하면 기대가 반이었고 걱정이 반이었다. 김정호에게 계약금으로 건넨 200만 원을 제외하면 수중에 남은 돈은 300만 원이 전부였다. 디지털 싱글 앨범 제작비가 정규 앨범에 비해 아무리 저렴하다고 해도 300만 원으로는 역부족이었다. 물론 저렴한 녹음실을 빌리고, 고만고만한 프로듀서와 엔지니어를 고용하여 앨범을 만들면 그만이었다.

하지만 송지유의 데뷔 앨범이다. 송지유의 데뷔 앨범만큼은 거대 기획사에게도 밀리지 않는 최고의 수준으로 제작하고 싶었다. 솔직한 심정으론 디지털 싱글 앨범보다는 정규앨범을 내고 싶었다.

'인간의 욕심은 끝이 없다더니 내가 딱 그 꼴이구나.'

쓰게 웃으며 현우는 차갑게 머리를 식혔다.

디지털 싱글 앨범의 제작비로 300만 원이 더 필요했다. 또 활동에 필요한 경비로도 200만 원 정도가 필요했다. 그러니까 총 500만 원 정도의 자금이 더 필요한 상황이었다.

'하아. 미치겠네. 사채라도 끌어다 써?'

실제로 중소 기획사들 중에서는 사채까지 쓰며 걸 그룹들을 데뷔시키는 케이스가 흔했다. 망한 케이스가 대부분이긴 했지만, 케이스 바이 케이스라고 큰 성공을 거두어 지금은 탄탄하게 자리를 잡은 기획사들도 여럿 있었다.

하나 현우는 사채까지 쓰기는 싫었다. 사채를 썼다간 몇 배, 혹은 몇십 배로 원금을 갚아야 한다. 특히 연예 기획사의 경우는 이자율이 더욱 심했다.

"뭐 이번 달 월급도 있으니까 나머지 돈은 어떻게든 해보자."

　　　　　*　　　　　*　　　　　*

　초록색 봉고차가 강남 가로수 길에 멈추어 섰다. 문이 열리며 현우와 송지유가 모습을 드러내었다. 현우는 4층짜리 건물을 쓱 살펴보았다. 한눈에 보아도 건물은 고급스러워 보였다. 현우는 송지유를 이끌고 지하 1층으로 향했다.

Lees Studio

　두터운 방음문에 새겨진 녹음실의 이름을 확인한 현우는 곧장 방음문을 열고 안으로 들어섰다. 미술품 따위의 장식품으로 치장된 휴게실의 정경이 펼쳐졌다.

　"어디에서 오셨어요? 약속 잡고 오신 건가요?"

　순한 인상에 검은색 뿔테 안경을 쓴 현우 또래의 청년이 말을 걸어왔다.

　"어울림의 김현우입니다. 이틀 전에 전화 드렸고 약속은 오늘 오후 3시로 잡았습니다."

　"어울림이요?"

　청년이 급히 녹음실 스케줄을 확인하기 시작했다. 스케줄을 확인하던 청년이 조금은 곤란하다는 표정을 지었다. 어울림의 스케줄이 뒤로 밀려났기 때문이다.

"오늘 아침부터 갑자기 녹음 일정이 잡혀서 말입니다. 조금 기다리셔야 할 것 같습니다. 죄송합니다."

청년이 꾸벅 고개를 숙여 보였다.

"기다리겠습니다."

진심으로 미안해하는 터라 현우도 크게 개의치 않았다. 녹음 작업이 딱딱 시간을 정해놓고 하는 작업은 아니었다. 청년이 녹음실로 사라지고 현우와 송지유는 휴게실의 소파에 나란히 앉았다.

"좀 기다려야 할 것 같은데 괜찮지?"

"괜찮아요."

송지유가 빙긋 웃었다.

그렇게 1시간 하고도 40분 정도가 더 흘렀다. 녹음실과 연결되어 있는 방음문이 열리며 이명훈 프로듀서와 조금 전 그 청년이 모습을 드러내었다. 현우와 송지유를 발견한 청년이 급히 입을 열었다.

"선생님, 저기 저분들이 어울림에서 오신 분들입니다."

"어울림? 처음 들어보는데? 오승석이 네가 스케줄 잡은 거냐?"

"예, 선생님. 오늘 아침에도 말씀드렸습니다."

"그래?"

현우와 송지유를 바라보며 이명훈이 구겨진 셔츠처럼 얼굴을 구겼다. 이제야 기억이 났다.

"디지털 싱글을 제작하신다고 하셨죠?"

"그렇습니다."

"아, 통성명도 깜빡했네. 이명훈입니다."

"어울림의 김현우입니다."

현우는 이명훈과 악수를 나누었다. 왠지 모르게 분위기가 싸했다.

"죄송하다는 말씀을 먼저 드려야 할 것 같군요."

현우의 예상대로였다. 이명훈이 말을 이어갔다.

"요즘 녹음 일정이 빡빡해서 말입니다. 오늘은 아침부터 핑크플라워 애들 정규 앨범 녹음도 들어갔고, 제가 도저히 시간을 뺄 여력이 없습니다. 다른 곳을 찾아가 보시는 건 어떻습니까?"

명백한 거절이었다. 그리고 이명훈의 입에서 핑크플라워라는 이야기가 나왔다. 담담하게 듣고 있는 현우와 달리 송지유의 얼굴이 얼어붙었다.

"스케줄은 저희 어울림이 먼저 잡은 거 아닙니까?"

현우의 말에 이명훈이 오승석을 노려보며 다시 입을 떼었다.

"그렇기는 합니다만, 디지털 싱글이랑 정규 앨범이 같을 수가 있습니까? 그것도 S&H에서 들어온 일인데, 아무리 저라도 쉽게 거절은 못합니다. 보아하니 신생 기획사에서 신인 가수를 키우시는 것 같은데 여기 말고도 녹음실은 많습니다. 미안합니다."

쉽게 말하면 너희 어울림은 여기서 녹음을 할 수준이 안 된다는 말이었다. 미안하다고 말은 했지만 이명훈은 절대 미안한 태도가 아니었다.

'하아. 여기저기서 무시만 당하는구나.'

화가 난다거나 그러지는 않았다. 이명훈은 가요계에서 널리 알려진 유명 프로듀서였고, 어울림은 무명의 영세 기획사였다. 연예계도 마찬가지다. 어떤 위치에 있느냐에 따라 갑과 을이 결정된다.

"데모곡이라도 들어보시죠. 생각이 달라지실 겁니다."

"으음. 데모곡이요?"

이명훈은 귀찮아하고 있었다. 신생 기획사가 들고 온 곡이라면 들어볼 것도 없다는 생각이 들었기 때문이다.

"방금 전에도 말씀드렸다시피 제가 시간이……."

이명훈의 말이 끝나기도 전에 방음문이 열렸다. 그리고 핑크플라워의 멤버들이 모습을 드러내었다.

"너?!"

전소정이 두 눈을 동그랗게 뜨며 놀랐다. 이혜미도 소파에 앉아 있는 송지유를 발견하곤 입술을 깨물었다. 그러다 웃음기를 머금고 송지유에게로 다가왔다. 팔짱을 낀 채였다.

"녹음하러 왔나 봐?"

"응."

송지유는 차갑게 대꾸하고는 눈도 마주치지 않았다.

"야! 너 지금 나 무시하는 거야?!"

이혜미가 결국 참지 못하고 송지유를 노려보았다. 결국 현우가 송지유의 앞을 가로막았다.

"그만합시다. 혜미 씨."

"시비는 항상 쟤가 먼저 걸잖아요!"

"그건 아닌 것 같습니다만."

현우의 단호한 태도에 이혜미는 말문이 막혔다.

"매니저 오빠! 어디 있어?!"

"오빠!"

결국 이혜미와 핑크플라워 멤버들이 매니저를 찾기 시작했다. 닫혀 있던 방음문이 다시 열리며 핑크플라워의 매니저가 모습을 드러내었다.

"너희들 사고 좀 안 치면 안 되냐? 왜 또 큰소리를 내는 건데? 어?!"

핑크플라워의 매니저가 버럭 소리를 질렀다. 그러다 현우를 발견하곤 병 찐 얼굴을 했다. 현우는 그냥 피식 웃어버렸다. 핑크플라워의 매니저는 대학 동기이자 친구인 손태명이었다.

*　　　*　　　*

"여기서 너를 보게 될 줄은 몰랐는데. 후우."

손태명이 한숨을 내쉬었다. 현우와 손태명은 녹음실이 있는 4층 건물의 옥상에서 서로를 마주하고 있었다.

손태명은 한 달 사이 꽤나 수척해져 있었다.

"핑크플라워 애들 성격이 보통이 아니던데, 너 괜찮은 거야?"

"괜찮기는. 매일 저것들 비위 맞추느라고 고생이야. 그나저나 네가 송지유라는 여자애의 매니저일 줄은 꿈에도 몰랐다. 애들한테 들었는데 송지유라는 아이 보통이 아니라며? 홍인대학교 축제에서 거의 치고받고 싸울 뻔했다던데?"

손태명의 입에서 송지유의 이름이 나오자 현우는 묘한 기분이 들었다.

과거로 돌아오기 전 S&H 소속이었던 송지유의 매니저는 손태명이었다.

"어쩌다 보니 그렇게 된 거지. 우리 지유가 잘못한 건 없어. 그 팀장이라는 인간이 안하무인이었다고."

"이진태 그 새끼? 그럴 만한 인간이지. 힘든 일도 나한테 죄다 떠맡긴다니까? 그래서 죽을 맛이야. 죽겠다, 진짜."

손태명이 담배를 입으로 물고는 공중으로 연기를 내뿜었다.

"그 지유라는 아이, 진짜 예쁘더라. 우리 혜미보다 나은 것 같아."

"당연하지. 외모뿐만 아니라 성격도 훨씬 나을걸?"

"그러냐. 좋겠네. 이제 보니 믿는 구석이 있어서 나랑 지혜 버린 거였냐?"

"뭐 그런 셈이지."

현우가 웃으며 말했다.

"힘든 일 있으면 나한테 언제든지 부탁해라."

"말단 매니저 주제에 네 건강이나 좀 챙겨."

"그래그래. 이제 가봐야겠다. 애들 녹음도 끝났고 스케줄이 또 한 트럭이거든."

"고생해라."

현우가 손태명의 어깨를 툭 쳐주었다.

손태명이 운전하는 커다란 벤이 시야에서 멀어진 후에야 현우는 다시 녹음실로 돌아왔다. 녹음실에는 송지유 한 명뿐이었다. 이명훈의 모습은 보이지 않았다.

"간 거야? 설마?"

현우는 기가 막혔다. 아무리 거절을 했다지만 아직 대화가 끝이 나지도 않았는데 자리를 비웠다.

"와, 진짜 너무하네. 아니, 누군 처음부터 S&H야? 가자, 지유야. 널린 게 녹음실이니까."

현우가 녹음실의 방음문을 열려 했다. 그런데 때마침 방음문이 열리며 오승석이 나타났다.

"잠깐만 저랑 이야기 좀 하시면 안 될까요?"

"할 이야기가 더 있습니까? 그쪽 선생님은 더 할 말 없는 것 같은데요. 아무리 잘나가고 유명한 프로듀서라도 그렇지, 작은 기획사라고 이렇게까지 무시해도 되는 겁니까?"

현우의 날 선 대답에 오승석의 얼굴이 붉어졌다.

"죄송합니다. 선생님이 요즘 예민해서 신경이 날카롭습니다. 제가 대신 사과드리겠습니다."

"근데… 안경은 왜 그 모양입니까?"

현우의 말마따나 오승석의 안경테로 금이 가 있었다. 스카치테이프로 대충 감아놓은 것이 무언가 일이 있는 것 같았다.

"혹시 맞은 겁니까?"

"……."

표정만 흐려질 뿐 묵묵부답이었다.

'진정한 을은 이 사람이었네.'

기분은 상했지만 현우는 다른 프로듀서를 찾아가면 그만이었다. 그런데 오승석은 그게 아닌 것 같았다.

"술이나 한잔하죠. 내가 살게요."

대뜸 현우가 오승석에게 말했다.

"대체 이유가 뭡니까?"

분위기가 적당히 무르익자 현우가 넌지시 운을 띄웠다.

취기가 올라 용기가 생긴 오승석이 현우와 송지유를 번갈아 살피더니 그간의 일들을 털어놓기 시작했다. 오승석의 사연은 길었다.

올해 26살로 현우와 동갑인 그는 3년이라는 시간 동안 이명훈 밑에서 일을 해왔다. 보조 엔지니어 겸 프로듀서이긴 했지만 허울뿐이었다.

자기중심적인 이명훈에게 오승석은 스트레스 해소를 위한 도구에 불과했다. 그래도 프로듀서라는 꿈이 있기에 오승석은 참고 또 참았다.

그러다 오늘 사달이 나고 말았다. 녹음실을 찾아온 현우와 송지유가 발단이었다. 현우에게 한 소리를 들은 이명훈은 영세 기획사까지 일을 봐줘야 하냐며 오승석을 닦달했고 물건까지 집어던진 것이었다.

"후우. 승석 씨, 뭐 어쩌겠습니까. 그놈의 도제 시스템이 뭐 같은 거지."

현우가 위로를 건네었다. 도제 시스템이 만연한 연예계의 특성상 이러한 경우가 허다했다. 그렇다고 해서 연예계에 속한 모든 사람들이 나쁜 것은 아니었지만, 자기 밑에서 일하는 사람들을 노예처럼 부리는 경우가 종종 있었다.

게다가 이명훈처럼 연예계에서 어느 정도 입지를 다진 인물이 꽉 막힌 꼰대 마인드를 가지고 있다면 여러모로 많은 사람들이 피해를 보기도 한다.

"저 이제 진짜로 그만둘 겁니다. 돈벌이도 안 되고 고향에 계시는 부모님 뵐 면목도 없어요. 답답합니다."

오승석이 맥주를 벌컥벌컥 들이마셨다.

"그동안 배운 것들이 아깝지 않습니까?"

"아깝기는 하죠."

"승석 씨는 재능이 있어요."

"제가요?"

오승석이 반문했다. 오늘 처음 보는 사람이 하는 말인지라 위로라 생각을 하려 해도 솔직히 와닿지가 않았다.

현우가 빙그레 웃으며 낡은 스프링 노트 하나를 테이블로 올려놓았다.

"어? 이거 어디서 찾으셨어요?"

오승석이 깜짝 놀라며 치킨 무로 향하던 포크를 내려놓았다.

"녹음실 앞에 쌓여 있던 폐지들 틈에 끼어 있더군요. 오승석이라는 이름이 눈에 확 들어와서 외면할 수가 없었습니다."

정말로 스프링 노트의 표지엔 오승석이라는 이름이 커다랗게 쓰여 있었다. 그 우직함에 송지유가 웃음을 참기 위해 입을 가렸다.

"그걸 어떻게 보신 겁니까?"

말을 하면서도 오승석은 창피해서 어쩔 줄을 몰라 했다.

"친구 녀석 배웅하다가 발견했죠. 제가 운이 좋았습니다. 승석 씨, 이번 디지털 싱글 앨범 제작은 승석 씨한테 맡기고 싶습니다."

"예?!"

오승석이 깜짝 놀라며 손사래를 쳤다. 급작스러운 제안이었다.

"제가요? 아직 그럴 실력도 안 됩니다."

"이래도요?"

현우는 스프링 노트를 펼쳤다. 오늘 오전에 있었던 핑크플라워의 녹음에 대한 전반적인 사항이 세세하게 적혀 있었다. 핑크플라워의 메인 보컬 전소정의 음색에 따른 편곡 방향부터 믹싱과 마스터링에 대한 계획이 상당히 치밀했다. 무엇보다 현우의 구미를 당긴 것은 앨범에 들어갈 11개의 곡들에 대한 평이었다.

메인 프로듀서인 이명훈과 S&H에서 핑크플라워의 타이틀곡으로 선택한 1번 트랙은 댄스곡이었다. 곡명은 Baby Lover. 빌보드에서 한참 인기를 끌고 있는 미국 솔로 여수들이 부를 법한 파워풀하고 섹시한 느낌의 댄스곡이었다.

하지만 자신만의 비밀 노트라 그랬을까. 오승석은 1번 트랙 Baby Lover에 빨간색으로 X자를 그려 넣었다. 이유까지 첨부해 두었는데 귀엽고 발랄한 느낌의 핑크플라워의 분위기에는 맞지 않는다는 것, 또 하나는 걸 그룹이 소화하기에는 너무 파워풀한 곡이라는 것이었다. 그리고 그에 따른 오승석의 선택은 신인 작곡가 블루마운틴이 작곡한 GOGO Dance라는 곡명의 2번 트랙이었다. 이유가 꽤나 구체적이었다. 반복적이고 쉬운 후렴구가 노래를 듣는 사람들에게 각인되기가 쉽고 복고풍의 느낌이 모든 세대를 아우를 수 있다는 것이었다.

'확실히 감각이 있어.'

현우는 10년을 거슬러 회귀했다. 핑크플라워는 첫 디지털 싱글 앨범에 이어 이번 정규 앨범 1집도 큰 반응을 얻지 못한다. 그러다 두 번째 디지털 싱글 앨범이 대박을 치는데 그 노래가 바로 정규 앨범 1집에 실렸던 GOGO Dance였다. 지금 이 시기는 복고풍 댄스곡의 유행이 시작되기 바로 직전이었다. 트렌드에 뒤처지고 있는 이명훈과 달리 오승석은 트렌드를 정확하게 짚고 있었다.

김정호에 이어 오승석도 욕심이 났다. 그러려면 일단은 구슬려야 한다.

"승석 씨."

"말씀하세요, 현우 씨."

"우리 어울림에서 처음으로 제작하는 앨범입니다. 승석 씨라면 믿고 맡길 수 있을 것 같습니다."

현우의 부탁에도 오승석은 망설였다.

"솔직히 말씀드리면 아직… 잘 모르겠습니다. 오늘 진짜 다 그만두고 고향으로 갈 생각을 하고 있었는데 일이 또 이렇게 돌아가니 혼란스럽네요."

"도와주세요. 네?"

잠자코 있던 송지유까지 촉촉한 눈동자를 했다. 오승석의 몸이 그대로 굳어버렸다.

"한번 들어보세요. 아마 깜짝 놀랄 겁니다."

송지유의 토스에 현우가 마지막으로 스파이크를 날렸다.

*   *   *

새벽 1시가 넘은 시각. 현우를 포함한 세 사람이 Lees Studio의 녹음실 안에서 모습을 나타내었다. 취기가 오른 오승석은 거침없었다. 호화 장비로 가득한 녹음실을 제집처럼 누볐다.

"이명훈 프로듀서는 이제 안 오는 겁니까?"

"내일 오전에 핑크플라워 녹음 말고는 스케줄이 없으니까

안 올 겁니다."

"다행이네요."

현우가 씩 웃으며 품에서 CD가 담긴 케이스 하나를 꺼내었다.

"여기에 데모곡이 담겨 있습니다. 아침부터 준비한 건데 새벽이 다 되어서야 꺼내보네요."

오승석은 곧장 CD를 재생시켰다. 녹음실 안에 놓여 있는 고급 스피커들을 통해 종로연가가 흘러나왔다. 잔잔하고 애절한 전주와 함께 송지유의 청아한 목소리가 흘러나왔다.

"와아."

송지유도 최고급 장비들을 갖춘 녹음실에서 듣는 종로연가에 감탄을 금치 못했다. 녹음실에서는 목소리의 미세한 떨림까지도 귀에 생생하게 들렸다.

"나중에 돈 많이 벌면 우리도 이런 녹음실 하나 있었으면 좋겠어요."

"당연히 만들어야지."

현우와 송지유가 이야기를 나누는 사이 종로연가가 끝이 났다. 그리고 두 번째 곡인 종로의 봄이 흘러나왔다. 따스하고 잔잔한 감성이 녹음실 안을 휘감았다. 짧게만 느껴졌던 시간이 흐르고 종로의 봄까지 재생이 끝나 버렸다.

오승석이 감고 있던 두 눈을 떴다. 취기가 올라 있던 오승석은 술이 다 깨버린 상태였다. 굳이 말을 듣지 않아도 현우는 오승석이 무슨 생각을 하고 있는지 알아차렸다.

놀랐을 것이다. 그것도 아주 상당히.

"이 노래들, 작곡가가 누굽니까? 그리고 정말 지유 씨가 부른 거 맞습니까? 특히 두 번째 곡은 정말이지… 술이 확 깨네요."

오승석은 진지한 눈빛으로 현우에게 묻고 있었다.

"저희 어울림 소속의 작곡가분이 만드신 곡들입니다. 그리고 여기 지유가 노래를 부른 것도 맞습니다."

"그래요? 솔직히 놀랍네요. 기존 가요계에서 전혀 찾아볼 수 없는 스타일이라 말입니다. 뭐랄까. 포크송 같기도 하고 트로트 같기도 하고 미묘하네요."

"둘 다 맞습니다. 포크송 같기도 하고 트로트 같기도 하죠."

"그런데 어떻게 이렇게 고급스럽게 곡이 나올 수가 있습니까?"

"이런 걸 두고 삼위일체라고 하는 겁니다. 매니저, 가수, 작곡가."

오승석의 호평에 기분이 좋아진 현우는 농담까지 곁들였다. 그러다 표정을 바로 하고는 오승석을 똑바로 쳐다보았다.

"어때요? 이 정도면 디지털 싱글 앨범 만들어줄 수 있습니까?"

"제가 해보겠습니다."

오승석은 덥석 현우의 제안을 받아들였다. 프로듀서의 커리어에 있어 첫 앨범 제작은 상당히 중요했다. 오승석은 송지유와 이 두 곡의 가치를 대번에 알아보았다. 그리고 무엇보다 김현우라는 매니저가 가장 끌렸다. 동갑의 나이임에도 자신만만했으며 패기가 넘쳤다.

"그럼 녹음실 섭외는 승석 씨에게 맡기겠습니다."

"아뇨. 여기서 녹음할 겁니다."

"그만두신다면서요?"

"그만둬야죠. 여기서 제 첫 앨범을 제작한 후에 그만둘 겁니다. 3년 동안 고생이란 고생은 다했는데 저도 뽑아먹을 건 뽑아먹어야겠습니다."

"하하!"

현우가 크게 웃었다.

오승석의 말인즉슨 이명훈의 스케줄이 없는 날마다 이곳에서 송지유의 디지털 싱글 앨범을 제작하겠다는 말이었다. 현우의 입장에서는 하루에 30~40만 원을 호가하는 녹음실 대여료를 아낄 수 있는 셈이었다.

"제작비는 얼마나 드리면 되겠습니까?"

"녹음 있는 날마다 술이나 사주시면 됩니다."

"정말 그래도 됩니까? 그래도 찜찜하니까 12개월 할부로 끊는 셈 치죠. 그 대신 앨범이 잘되면 앞으로 승석 씨도 챙기겠습니다."

"감사합니다."

현우의 마음 씀씀이에 오승석이 처음으로 환하게 웃었다.

"녹음은 언제부터 들어갈 겁니까?"

"오늘이 금요일이니까… 다음 주 월요일 저녁 시간대에 오시면 됩니다. 마침 스케줄도 비어 있으니까요. 제가 먼저 연락 드리겠습니다."

"그렇게 하죠. 그럼 우리 한번 잘해봅시다, 승석 씨."

"최선을 다해보겠습니다, 현우 씨."

현우가 으레 악수를 건네었고 오승석이 손을 맞잡았다.

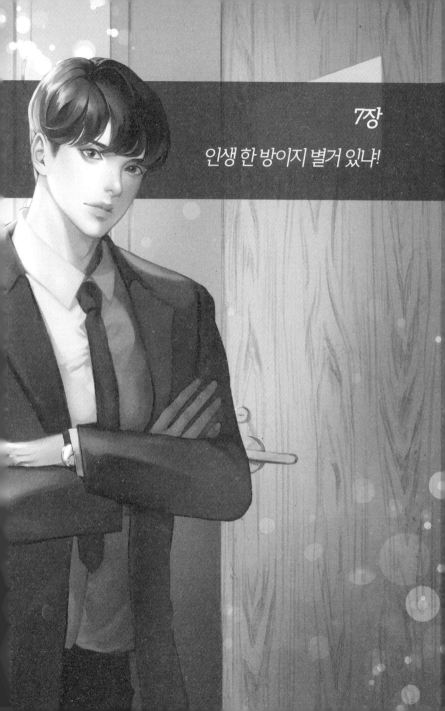

7장

인생 한 방이지 별거 있냐!

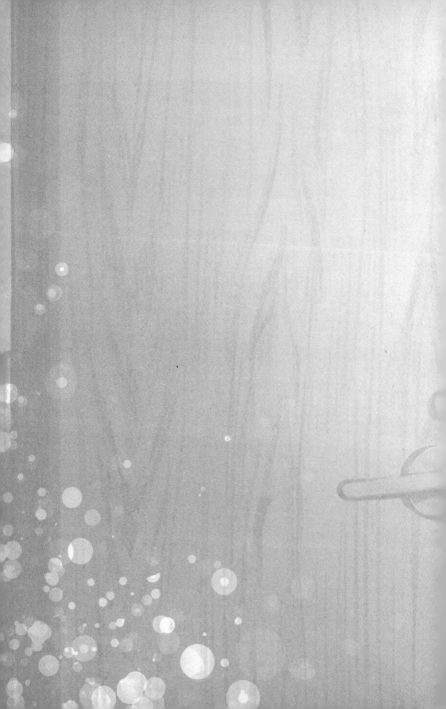

　녹음은 열흘 동안 총 다섯 번에 거쳐 끝이 났다. 오승석의 열정이 담긴 송지유의 디지털 싱글 앨범은 완성도나 품질 면에서 완벽에 가까울 정도였다. 앨범의 얼굴이라고 할 수 있는 앨범 재킷 사진도 김은정과 패션디자인학과 학생들의 도움을 받기로 했다.

　"매니저 오빠, 어때요? 사진들 전부 다 괜찮죠?"

　3층 사무실로 송지유와 함께 김은정이 찾아와 있었다. 책상 위에는 앨범 재킷으로 찍은 사진들이 여러 장 놓여 있었다. 축제 때 입었던 복고풍의 개나리 색깔 원피스에 하얀색 하이힐을 신은 송지유가 삼청동의 한옥 거리를 걷는 모습을 찍은 사진들이었다. 송지유의 차갑고 이지적인 외모에 삼청동의 클래식한 분위기가 합쳐져 몽환적인 느낌이 들게 했다.

사진들을 살펴보던 현우가 한 장의 사진을 골라내었다. 삼청동 거리를 걷고 있던 송지유가 살짝 고개를 돌리고 있는 사진이었다. 붉은 노을이 진 삼청동 거리와 송지유의 표정에서 짙은 아련함이 묻어나왔다. 종로연가나 종로의 봄이 가지고 있는 감성과 딱 들어맞았다.

"이 사진이 마음에 들어요?"

송지유가 물었다. 재킷 사진으로 선택된 사진을 뚫어져라 쳐다보던 현우가 마침내 입을 열었다.

"내 눈에는 이게 베스트 같다. 어지간한 남자라면 다들 눈을 떼지 못할 거야. 너희들 생각은?"

"저도 매니저 오빠가 고른 사진이요! 지유도 어제 이 사진이 가장 마음에 든다고 했어요."

"맞아요. 저도 이 사진이 좋아요."

의견 일치였다. 현우는 빙그레 웃었다.

"좋아. 그럼 앨범 재킷은 이걸로 하자."

앨범 재킷이 정해졌다. 이제 앨범 재킷 사진 파일을 오승석의 메일로 전송만 하면 된다.

"은정아, 승석 씨 메일로 앨범 재킷 사진 좀 보내줄래?"

"네!"

김은정이 노트북에 저장된 앨범 재킷 사진 파일을 전송했다. 드르륵. 드르륵. 기다렸다는 듯 핸드폰 진동이 울렸다.

"메일 받았어요?"

—네. 받았어요. 재킷 사진이 훌륭한데요? 현우 씨가 직접 찍은 건 아닌 것 같고 누가 찍은 거예요?

"지유 같은 과 친구들이 도와줬습니다. 패션디자인학과 친구들이라 여러모로 도움을 주는 친구들이에요."

—잘됐네요. 음. 오후 5시 전에 디지털 싱글 앨범이 완성될 거예요.

"수고하셨습니다, 승석 씨. 아, 잠깐만요."

현우는 핸드폰을 스피커 모드로 바꾸었다.

"고생하셨어요. 승석 오빠!"

—네, 네! 지유 씨도요. 수고했어요.

갑자기 들려오는 송지유의 음성에 오승석이 말을 더듬었다. 현우와는 꽤나 친해졌지만 아직도 송지유는 어려워했다.

"안녕하세요! 저는 지유 친구 김은정입니다! 오늘 회식한다고 하는데 오빠도 오세요!"

이번에는 김은정이었다. 당황했는지 스피커 너머로 별다른 말이 없었다.

"승석 씨, 그렇지 않아도 오늘 저녁이나 같이 먹으려고 했습니다. 연남동으로 오세요. 삼겹살 쏘겠습니다."

─그 김정호라는 작곡가분도 오시는 건가요?

"당연하죠. 정호 형님도 우리 식구인데요."

─예. 그럼 가야죠.

"그럼 이따가 봅시다."

통화가 끝이 났다.

저녁 회식은 어울림의 단골 회식 장소인 허름한 삼겹살 가게였다. 첫 잔을 들고 현우가 자리에서 일어났다.

"오늘 드디어 우리 지유 첫 앨범이 완성됐습니다. 앨범의 성공을 위해 건배!"

"첫 잔은 원 샷입니다!"

김은정이 추임새까지 넣어주었다. 첫 잔을 다 같이 마시고 현우는 먼저 추향의 잔을 채워주었다.

"추향 선생님도 고생 많으셨습니다. 덕분에 우리 지유가 많이 성장했습니다."

"아뇨. 저도 보람 있었어요. 우리 지유 잘되겠죠, 현우 씨?"

"물론입니다. 저만 믿으세요, 선생님."

"호호. 믿음직스럽네요."

추향이 그대로 잔을 들이켰다.

김정호는 오승석과 벌써 이런저런 음악적인 이야기를 나누고 있었다. 작곡가와 프로듀서 간의 만남이다 보니 서로 할 이야기가 많은 건 당연했다.

"이야기 나누는데 미안합니다. 그래도 잔은 받아야죠? 정호 형님도 고생하셨고, 승석 씨도 수고 많았어요."

현우가 씩 웃으며 두 사람의 잔을 채워주었다.

"은정이도 고맙다. 축제 때부터 이런저런 도움을 많이 받네."

"제 친구 일이잖아요. 본격적으로 활동 시작하면 의상은 제가 책임질게요."

"고맙다, 은정아."

현우는 김은정의 어깨를 두드려 주었다. 그러다 송지유와 눈이 마주쳤다. 송지유가 현우에게 소주잔을 내밀고 있었다.

"너도 한 잔 한다고? 너 술 한 번도 안 마셔봤다며?"

"한 잔만 해볼게요."

"오케이. 술은 어른들이랑 있을 때 배워야지. 그래도 오늘은 한 잔만 해. 술이 피부에 안 좋거든."

현우가 소주잔의 반만 채워주웠다.

"매니저 오빠, 관리가 철저하시네요."

김은정이 쭉 술잔을 들이켜며 말했다. 현우는 어깨를 으쓱하며 김은정의 빈 잔에 소주를 가득 따랐다.

"당연하지. 매니저가 할 일이 연예인 관리인데."

"어? 그러고 보니 지유도 오늘부터 연예인이네요? 와. 그동안 내가 잘못한 거 없지? 지유야?"

김은정이 새삼 놀라며 송지유를 쳐다보았다. 갑자기 여기저기서 웃음이 터져 나왔다. 김은정을 노려보면서도 송지유의 입가에 미소가 지어져 있었다.

술자리는 화기애애한 분위기 속에서 마무리 지어졌다. 오늘은 특별히 현우도 거하게 취한 상태였다. 현우는 송지유와 김은정에게 택시를 잡아주었다.

"조심히 들어가고 곧장 기숙사로 가라. 알았어?"

"네. 걱정 마세요. 바로 들어갈 거예요. 오빠도 술 더 마시지 말아요."

"그래그래. 나도 집에 가야지."

택시가 멀어지고 현우와 오승석 둘만이 남았다.

"승석 씨는 어떻게 갈 겁니까?"

"저 앞 정류장에서 버스타고 가면 됩니다. 그런데 현우 씨, 뭐 하나만 물어봐도 될까요?"

"얼마든지요."

"앨범이 완성되기는 했는데, 걱정이 좀 되어서요. 공중파 데뷔는 어떻게 할 생각이에요?"

공중파 데뷔.

연예인에겐 가장 중요한 하나의 통과의례였다. 특히 가수에게는 더욱 중요했다. 아무리 실력이 좋고 노래가 좋아도 대중들에게 홍보가 되지 않으면 아무런 소용이 없다. 오승석은 메이저 프로듀서인 이명훈 밑에서 3년 동안 일을 해왔기에 나름 연예계에 빠삭했다. 거대 기획사들이 연예계를 주름잡는 이유 중에는 막강한 홍보력도 한몫을 했다.

오승석이 판단하기에 현우와 어울림에겐 이 홍보력이 턱없이 부족했다. 영세 기획사의 신인 가수가 공중파에 노출될 확률은 극도로 낮았다. 돈을 쏟아붓거나 아니면 황금 인맥이라도 있어야 한다.

"후우. 제가 프로듀서님께 말씀이라도 드려볼까요? 그럼 공중파에 한두 번 정도는 나올 수 있을 거예요."

오승석이 진지한 얼굴로 말했다. 하지만 현우는 고개를 저었다.

"곧 그만둔다면서요. 저 때문에 억지로 말 섞기 싫은 사람한테 부탁까지 할 거 없습니다."

"현우 씨. 이건 현우 씨와 어울림의 일만이 아니에요. 제가 처음으로 제작한 앨범이에요. 지유 씨도 저에겐 첫 가수나 마찬가지고요. 나 몰라라 할 수만은 없어요."

"하하. 승석 씨가 점점 마음에 드네요. 걱정해 줘서 고맙습니다. 다음에 보면 우리 말 놓읍시다. 어차피 서로 동갑이잖아요."

별안간 현우가 웃으며 말하자 오승석이 멋쩍은 표정을 했다.

"걱정 말아요. 승석 씨가 잠도 못 자고 새벽 내내 앨범 만들었는데, 나라고 가만히 놀았을 것 같아요?"

그렇게 말하곤 현우가 택시를 잡았다. 뒷좌석의 유리창이 스르륵 내려가며 현우가 얼굴을 내밀었다.

"내일 오후에 전화할게요. 그러니까 걱정 말고 어떻게 하면 멋있게 때려치우고 나올까 생각이나 해봐요."

*　　　　　*　　　　　*

"날씨 한번 좋네."

초록색 봉고차에서 내리며 현우가 하늘을 올려다보았다. 유난히도 구름이 없고 하늘이 푸르렀다.

"좋은 일 생기기 딱 좋은 날씨인데 말이야."

혼잣말을 중얼거리며 현우가 카페의 문을 열고 안으로 들어갔다. 점심 시간대라 그런지 카페는 손님들로 가득했다. 결국 현우가 핸드폰을 집어 들고는 어디론가 전화를 걸었다. 사방을 둘러보자 수수한 옷차림에 아담한 체구의 여성이 벌떡 일어나 손을 들어 보였다.

현우는 성큼성큼 걸어가 손을 내밀었다.

"김현우입니다."

"아, 네. 이진이예요."

"커피 뭐 드시겠어요? 제가 사죠."

"아이스 초코 마실게요."

아이스 아메리카노와 아이스 초코를 들고 현우가 자리로 돌아왔다. 카페 테이블 위로 어느새 노트북이 세팅되어 있었다.

"고마워요. 잘 마실게요."

"아닙니다. 작가님께서 연락을 주셨는데 이 정도는 사야죠."

현우가 빙긋 웃었다.

"매니저님께서 보내주신 메일을 확인해 보고 놀랐어요. 정말 동영상 속 가수를 데리고 계신 거죠?"

"물론입니다."

이진이 작가가 노트북으로 시선을 고정했다.

"나이도 어리고 홍인대학교 패션디자인학과 학생이라는 학벌도 플러스 요소예요. 그리고 같은 여자가 봐도 놀랄 정도로 외모도 훌륭해요."

"감사합니다."

"그런데 궁금하네요. 보통 작은 기획사에서는 이런 친구들을 데리고 있기가 쉽지 않거든요. 혹시 독립하신 건가요?"

이진이 작가가 물어왔다. 현우는 고개를 저었다.

"아뇨. 아버지 회사에서 일을 하고 있습니다."

"하긴, 독립하신 분치곤 너무 젊으세요."

그렇게 말하며 이진이 작가는 노트북을 뚫어져라 쳐다보고 있었다. 이진이 작가는 송지유가 축제 무대에서 노래를 부르는 동영상을 다시 한번 재생시키고 있었다.

"립싱크 아니죠?"

"그럴 리가요."

"제가 올해로 메인 작가 생활 2년 했거든요? 그런데 이 친구 정말 잘될 것 같다는 생각이 팍팍 들어요. 근데 기획사가 작은 게 유일한 흠이네요. 어쩌면 평생 발목을 잡힐 수도… 아! 미안해요. 제가 너무 직설적이었죠? 혼잣말이 습관이 되어버려서요. 미안해요, 정말."

이진이 작가가 허둥대며 어쩔 줄을 몰라 했다. 기분이 나쁠 법도 했지만 현우는 전혀 개의치 않았다. 목에 걸려 있는 아이디카드만 봐도 그녀는 MBS 방송국 소속의 메인 작가였다. 영세한 기획사의 매니저를 앞에 두고 이 정도로만 대우해 준다면 더 바랄 것이 없을 정도였다.

"기분 나쁘셨죠?"

"아뇨. 솔직하게 말씀해 주시는 편이 저도 편합니다."

"그렇게 생각해 주시니 고마워요."

그사이 노트북 속 송지유의 축제 무대가 끝이 났다. 이진이 작가의 눈빛이 초롱초롱했다.

"우리 프로그램에 섭외가 되면 화제성은 물론이고 어쩌면 우승도 가능할 것 같아요. 그러니까 우리 잘해봐요, 매니저님."

"감사합니다. 잘 부탁드리겠습니다, 작가님."

"조만간 피디님이랑 미팅 잡힐 거예요. 제가 연락드릴게요."

이진이 작가가 먼저 자리에서 일어났다.

현우는 이진이 작가가 주고 간 기획안을 펼쳐 보았다. 이번에 MBS에서 개편을 두고 새롭게 기획 중인 프로그램의 명칭은 '발굴! 뉴 스타!'라는 이름을 가지고 있었다.

기획 의도는 이러했다. 무명 가수나 신인 가수 할 것 없이 자신을 대중에게 알리고 싶은 가수라면 누구나 참가가 가능했다.

참가자는 총 64명 혹은 64팀. 오디션 경쟁 프로그램으로 마지막에 살아남은 사람은 1년 간 MBS의 모든 프로그램에 출연할 수 있는 기회를 잡게 된다. 어떻게 보면 상당히 파격적인 포맷의 프로그램이라고 할 수 있었다.

하지만 현우가 과거로 돌아오기 전에 '발굴! 뉴 스타!'는 4%대의 이도저도 아닌 어중간한 시청률로 종영을 맞이했다. 예능 프로그램으로는 실패를 한 격이었다. 이유는 의의로 단순했다.

'화제가 될 만한 출연자가 단 한 명도 없었지.'

정말로 그랬다. 냉정하게도 무명 가수들은 정말 왜 무명인지를 보여주는 가수들이 대부분이라 프로그램의 질을 떨어뜨렸다. 신인 가수들도 거의 대다수가 중소 기획사 소속의 걸 그룹이나 보이 그룹들이라 기존에 인기를 끌고 있는 아이돌과는 상대가 되지 않았다.

이러다 보니 화제성은커녕 프로그램의 재미도 떨어졌다. 피디의 연출력도 평범했다. 무명 가수들과 신인 가수들의 스토리텔링도 제대로 엮지 못해 시즌1에서 끝이 나버린 프로였다.

'지유가 출연만 할 수 있다면 이건 큰 기회야. 모든 대중들이 우리 지유에게 빠져들 거야.'

현우는 자신감이 있었다. 송지유가 출연을 하게 된다면 화제성과 스타성 두 마리 토끼를 다 잡을 수 있다. 현우는 기획안을 덮어버렸다.

그러다 문득 의아했다.

'메인 작가가 생각보다 감도 좋고 센스도 좋은데 왜 이 프로그램이 망했던 거지? 지유를 알아보는 눈이라면 다른 출연자들도 제법 알차게 섭외를 했을 텐데?'

생각이 여기까지 미치니 왠지 모르게 등골이 싸하고 불안했다.

"일단 피디랑 미팅을 해보자. 그러면 답이 나오겠지."

　　　　　*　　　　*　　　　*

　이진이 작가와의 미팅이 끝나고 사흘 뒤 저녁, 피디와의 미팅이 잡혔다. 현우는 홍인대학교의 정문에서 송지유를 기다렸다.

　"매니저 오빠!"

　김은정이 송지유의 팔짱을 끼고 저 멀리서 손을 흔들고 있었다. 예능 프로그램 미팅이 있다는 말에 송지유는 한껏 꾸며져 있었다.

　"수고했다, 은정아."

　김은정의 어깨를 다독여 준 다음 현우는 송지유를 살펴보았다. 청색 스키니 진에 검은색 워커로 송지유의 늘씬한 다리라인을 부각시켰고, 위로는 하얀색 블라우스에 검정 가죽 재킷을 양어깨에 걸쳐놓았다. 그에 반해 화장은 전체적으로 화사한 느낌이 들어 여성성을 강조했다. 시크하면서도 송지유의 미모가 돋보였다.

　송지유는 방송 관계자와의 첫 미팅에 사뭇 긴장을 하고 있었다.

　"네가 긴장을 할 때도 있구나. 긴장 풀어. 너 지금 엄청 예쁘거든."

　현우가 긴장을 풀어주기 위해 일부러 칭찬까지 건넸다. 송지유가 살짝 미소를 보였다.

"지금까지 다른 여자들한테도 그렇게 말했어요?"

"여자라니? 나 여자 없었어."

"거짓말."

송지유가 먼저 조수석으로 올라탔다. 부르릉. 시동이 걸렸다. 김은정이 잘 다녀오라며 손을 흔들었다.

봉고차가 도착한 곳은 MBS 방송국 근처의 횟집이었다. 입구로 들어와 2층 계단으로 올라가니 상석엔 이진이 작가가 앉아 있었고, 그 옆엔 피디로 추정되는 40대 중반의 남자가 자리하고 있었다.

'2층을 통째로 빌렸다고?'

그러다가 현우의 얼굴이 굳어졌다. 현우 같은 매니저들 몇 명을 빼곤 죄다 여자들뿐이었다. 무명 가수들도 그랬고, 신인 가수들도 전부 걸 그룹뿐이었다. 그리고 현우를 바라보고 있는 이진이 작가의 표정이 영 불편해 보였다.

"오셨어요?"

이진이 작가가 불편한 얼굴로 현우를 맞이했다.

"현우 씨. 이쪽은 우리 프로 메인 피디이신 김기태 피디님이세요."

"어울림의 김현우입니다. 처음 뵙겠습니다, 피디님."

현우의 인사에 김기태 피디는 자리에 그대로 앉아 얼굴 가득 웃음을 머금었다.

"이 작가한테 이야기 많이 들었어요. 김기태입니다. 그 옆에 아가씨가 송지유 양입니까?"

"안녕하세요. 송지유입니다."

현우의 등 뒤에 숨어 있던 송지유가 인사를 했다. 청아한 목소리가 퍼지며 그 순간 횟집에 있던 모든 사람들의 시선이 송지유에게로 쏠렸다.

여러 무명 가수들과 신인 걸 그룹들이 있었지만 송지유는 군계일학이었다. 연예계에서 소위 말하는 천상계가 바로 송지유였다.

그러니 비교가 될 리 만무했다. 그리고 송지유의 등장에 섭외 연락을 받고 모인 가수들이나 매니저들 모두 잔뜩 긴장을 머금고 있었다. 신인 걸 그룹을 대동하고 온 매니저들은 경계의 눈빛까지 보내오고 있었다.

이번에 새롭게 기획되는 예능 프로그램의 자리를 따기 위해 모인 곳이었다. 총성만 없었지 서로 눈치를 살피는 것이 전쟁터를 방불케 했다.

'일부러 한 자리에 다 모이게 한 건가?'

현우는 김기태 피디의 저의가 궁금했다. 아무리 무명 가수들이고 신인 가수들이라고 해도 한 장소에 모아놓고 섭외 미팅을 잡는 것은 관례적으로 옳지 않았다.

김기태 피디는 여전히 호기심 가득한 얼굴로 송지유를 바라보고 있었다.

"정말 스무 살이에요? 여대생 맞고?"

"네. 맞아요."

"하하. 우리 딸도 지유 양처럼만 크면 좋겠네."

음식들이 나오고 식사가 시작되었다. 중소 기획사들의 매니저들은 연신 김기태 피디의 옆에서 술을 따르며 이야기를 나누고 있었고, 무명 가수들은 계속해서 기회만 엿보고 있었다.

식사를 하는 도중에 현우와 이진이 작가의 눈이 마주쳤다. 이진이 작가가 황급히 시선을 돌렸다.

식사가 끝이 나고 몇몇 무명 가수들이 자리를 떴다. 눈길 한번 주지 않는 김기태 피디를 보고 이미 희망을 접은 듯 보였다.

2차 장소는 노래방이었다. 대형 룸을 빌렸고 본격적인 술자리가 펼쳐졌다. 겉으로만 보면 평범하고 분위기 좋은 자리 같지만 이미 김기태 피디의 좌우로 중소 기획사들의 매니저들이 붙어 있는 상태였다.

현우와 송지유는 조용히 상황을 주시만 하고 있었다. 그러다 사달이 났다. 매니저들이 권하는 술에 취한 김기태 피디가 갑자기 현우에게 손짓을 했다.

"현우 씨라고 했나? 그 지유 양 좀 이리로 오라고 해봐요."

"……!"

현우의 얼굴이 딱딱하게 굳어졌다. 송지유의 무표정하던 얼굴에도 실금이 생겨났다.

"어디 한번 20살 여대생이 따라주는 술 한 잔 얻어먹어 봅시다."

김기태 피디의 마지막 말에 현우는 머릿속에서 무언가 툭, 끊어지는 것 같은 소리를 들었다. 현우가 벌떡 자리에서 일어났다.

"제가 한 잔 따라 드리죠."

술잔이 채워졌다. 취할 대로 취한 김기태 피디가 어리둥절한 얼굴을 했다. 현우가 그대로 몸을 돌려 송지유를 일으켜 세웠다.

"저희 어울림은 이번 프로에서 빠지겠습니다. 그럼 다들 즐겁게 마무리하시길."

쾅! 거칠게 문을 닫고 나온 현우가 입술을 깨물었다. 이제야 왜 '발굴! 뉴 스타!'가 시청률 부진으로 쪽박을 찼는지 이해가 갔다.

"메인 피디라는 인간이 저 정도 수준이니 당연히 망하지. 가자, 지유야."

웬일인지 송지유가 걸음을 떼지 못했다. 현우가 송지유의 양어깨를 잡으며 두 눈을 똑바로 쳐다보았다.

"연예계는 이런 곳이야. 힘없고 인기 없으면 이런 대우를 받지. 우리 성공하자. 성공해서 다 갚아주자고. 그리고 아쉬워할 것 없어. 기회는 얼마든지 있으니까."

"현우 오빠……."

"가자."

늘 사람 좋은 현우가 차가운 얼굴을 했다. 송지유는 말없이 현우를 따라 밖으로 나섰다.

"저, 저기요! 매니저님! 현우 씨!"

고개를 돌리자 이진이 작가가 뛰어오고 있었다.

"뭡니까?"

이진이 작가는 현우의 싸늘한 반응이 당연하다고 생각했다.

"오늘 있었던 일… 제가 어떻게 말씀을 드려야 할지 모르겠어요. 무조건 죄송합니다. 그래도 우리 프로그램에 지유 씨 빠지면 큰일 나요. 제 사정 좀 봐주세요. 부탁드릴게요."

이진이 작가는 간절했다. 2년 차 메인 작가이긴 했지만 일요일 황금 시간대의 예능 프로그램은 처음이었다.

그녀의 판단으론 이번 프로그램의 흥행 여부는 송지유에게 달려 있었다.

"작가님."

"네. 말씀하세요."

이진이 작가가 뒤늦게 호흡을 골랐다.

"대체 저런 인간이 어떻게 공중파 방송국 피디라는 겁니까?"

"그게… 김기태 그 자식 원래 개망나니로 유명한 사람이에요. 낙하산 출신이기도 하고요. 재수 없게 메인 피디가 그 사람으로 교체되는 바람에 저도 어쩔 수가 없었어요. 대신 약속 드릴게요. 촬영하는 내내 절대로 저 사람이 지유 씨를 곤란하게 만드는 일 없게 할게요. 네?"

"작가님도 한계가 있는 법이죠. 연출이랑 편집 전부 저 양반이 주무를 텐데 우리 지유 절대로 방송에 좋게 안 비춰질 겁니다. 옆에서 비위나 맞추던 매니저들 애들이나 신경 써주 겠죠."

"……"

"이번 프로그램에서 발 뺄 수 있으면 발 빼세요. 이 프로 장담하는데 시청률 3% 나옵니다. 잘하면 애국가 시청률도 찍을 수 있겠네요."

현우의 신랄한 독설에 이진이 작가는 멍한 얼굴을 했다.

"뭐야? 프로에서 빠지겠다고? 이진이 너 지금 제정신이야?!"

김기태 피디의 얼굴이 붉어졌다. 어제 마신 술이 덜 깨서 속이 쓰렸다. 그런데 아침부터 이진이가 메인 작가를 관두고 프로그램에서 하차하겠다며 속을 긁어댔다.

"이유가 뭔데?! 어제 그 어울림인가 뭔가 하는 기획사 매니저 때문이야?"

"잘 알고 계시네요? 어제 그 여자아이 몇 살인 줄 기억은
하세요? 20살짜리 아이한테 술을 따르라고요? 명색이 공중파
예요. 그런데 어떻게 그런 몰상식한 행동을 하세요?"

이진이가 따지고 들자 혹시 밖으로 소리가 새어나갈까 김기
태가 당황했다. 김기태의 목소리가 작아졌다.

"아니, 내가 나쁜 의도가 있었던 건 아니잖아. 그냥 딸 같아
서 그랬다고. 딸이 아버지 술 한 잔도 못 따라줘?"

되는 않는 변명에 이진이는 기가 막혔다.

"그럼 송지유, 캐스팅할 생각이세요?"

"그건 곤란하지. 우리 프로랑 맞지를 않아. 걸 그룹 전성시
대에 무슨 트로트야? 매니저란 놈도 글러먹었어. 차라리 코인
엔터 애들이랑 디온 뮤직 애들 밀어주는 게 나을 거야. 비주
얼도 괜찮고 라이벌 구도로 몰고 가면 시청자들한테 흥미도
끌 거라고."

김기태의 설명에 이진이는 어이가 없었다. 걸 그룹 전성시대
라는 말은 맞았다. 하지만 김기태는 되도 않는 양산형 걸 그
룹 두 팀을 메인으로 밀고 갈 생각을 하고 있었다. 무명 가수
들을 발굴하는 처음의 기획 의도와는 완전히 다른 방향으로
빗겨가고 있었다.

"이럴 줄 알았어요. 어차피 캐스팅도 피디님 마음대로 하실

거 아니에요? 송지유 그 아이 캐스팅할 거 아니면 저도 이 프로 못해요."

이진이는 단호했다. 마음이 급해진 김기태가 급기야 엄포를 놓기 시작했다.

"편성까지 확정된 프로에서 제멋대로 하차를 하겠다, 이거지? 그래, 그렇게 해봐. 대신 이 작가 앞으로 예능 프로 하기는 힘들 거야."

"아닐걸요?"

"뭐?"

"피디님보다는 제 커리어가 더 월등하거든요. 그리고 어차피 예능 때려치우고 드라마 갈 생각이었어요. 그러니까 수고하세요. 부디 이번 프로그램은 잘되길 바랄게요."

이진이가 거칠게 문을 열어젖히고 밖으로 사라졌다.

"나이도 어린년이 진짜!"

쾅! 김기태가 책상을 내려쳤다. 내색은 안 했지만 이진이는 막내 작가 시절부터 능력이 검증된 작가였다. 내심 이진이에게 묻어갈 생각을 하고 있었는데 일이 꼬여 버렸다.

"……."

화를 삭이던 김기태가 책상에 놓여 있던 CD 케이스를 노려보았다. 이진이가 직접 섭외한 가수들의 동영상 파일들이 담겨 있는 CD였다. 김기태가 CD 케이스를 집어 들고 복도로 나갔다. 그리고 편집실 앞 쓰레기통에다가 아무렇지도 않게 CD 케이스를 처박아 버렸다.

늦은 새벽 무렵, 편집실의 문이 열리며 낯선 남자가 모습을 드러내었다.

"으으! 피곤해 죽겠네."

수면 욕구에 비틀거리던 남자가 그만 쓰레기통을 건드리고 말았다. 쓰레기통이 요란한 소리를 내며 사방으로 쓰레기들을 내뱉었다.

"아씨! 니코틴이 부족한가? 바로 실수해 버리네."

남자는 쓰레기통을 바로하고 주섬주섬 쓰레기들을 주워 담았다. 그러다 남자의 손이 CD 케이스로 닿았다.

"뭐야? 발굴 뉴 스타 출연자 캐스팅 목록? 누가 이걸 여기다가 버린 거지?"

메인 작가 이진이의 이름도 큼지막하게 적혀 있었다. 왠지 다시 쓰레기통에 버리기가 찜찜했다. 잠시 고민하던 남자는 편집실의 문을 열고 CD 케이스를 책상 위로 아무렇게나 던져 버렸다.

"니코틴 충전이나 하러 가자."

편집실 문이 닫히며 남자는 복도 끝 비상계단으로 사라졌다.

　　　＊　　　　＊　　　　＊

　'김기태 피디라는 인간이 변수였어.'

　갑자기 끊었던 담배 생각이 났다. 편의점으로 담배를 사러 갈까 하다 현우는 그만두기로 했다.

　송지유의 손목을 잡고 노래방을 박차고 나온 지도 벌써 보름이 흘렀다. 공중파 데뷔의 유일한 끈이었던 '발굴! 뉴 스타!'의 출연이 무산되어 버렸다.

　하지만 후회는 없었다. 송지유는 원석이었다. 찬란한 보석이 될 아이를 김기태 같은 인간이 메인 피디로 있는 프로그램에 출연시킬 생각은 추호도 없었다.

　"뭘 그렇게 골똘히 생각하고 있어?"

　뒤쪽에서 오승석의 목소리가 들려왔다.

　"왔냐?"

　상념에서 깨어난 현우가 오승석을 반겼다. 동갑내기이기도 했고 말을 놓다 보니 어느새 친구가 되어버린 두 사람이었다. 오승석이 현우의 맞은편으로 가 앉았다.

　"이모! 해장국 두 개랑 소주 한 병이요!"

　현우가 주문을 했다. 해장국이 나오고 현우와 오승석은 서로 한 잔씩 주고받았다.

　"그만두고 온 거냐?"

"응. 오늘부로 자유의 몸이자 백수가 되어버렸네."

"시원섭섭하겠네."

"그럴 줄 알았는데 시원하기만 해."

"그동안 고생했다."

"고마워. 그나저나 앞으로 어떻게 되는 거야?"

오승석이 현우에게 물었다. '발굴! 뉴 스타!'의 출연이 무산된 사실을 알고 있는 사람은 송지유를 제외하곤 오승석이 유일했다. 메이저 프로듀서인 이명훈 밑에서 3년 동안 있었던 오승석은 여러모로 현우와 말이 잘 통했다.

"생각 중이야. 지역 축제나 밤무대는 올릴 생각 없어."

"그 편이 낫긴 하지."

지역 축제나 밤무대를 무시하는 건 아니었다. 하지만 연예인은 이미지가 중요하다. 특히 송지유는 현우의 첫 연예인이자 어울림의 디딤돌이 될 아이였다. 현우의 목표는 무조건 공중파 데뷔였다. 오승석도 현우의 의중을 익히 알고 있는 터라 딱히 뭐라 말을 하지는 못했다.

잠시 현우의 눈치를 살피다 오승석이 입을 열었다.

"케이블 쪽은 생각 있어?"

"케이블?"

현우가 소주잔을 내려놓았다.

"고향 선배 중에 게임 방송에서 피디로 일하고 있는 형님이 있어. 이번에 게임 차트 프로그램 하나 들어간다는데, 여자 MC를 구한다고 하더라."

"굿 게임 TV?"

"맞아. 형님이 눈이 높아서 신인 걸 그룹 중에 괜찮은 애 있으면 섭외를 하고 싶다고 하더라. 근데 그게 쉬운 일은 아니 잖아. 그래서 며칠 전에 나한테도 연락이 왔어. 그때 지유가 떠올랐어. 네 생각은 어때?"

"……."

대답 대신 현우의 머리가 빠르게 돌아갔다. 굿 게임 TV라 면 케이블 중에서는 가장 인기가 있는 채널에 속했다. 또한 주 시청자들이 대부분 10대에서 20대의 남성층으로 집중되어 있었다.

불현듯 현우의 뇌리 속으로 과거로 돌아오기 전의 기억들 이 떠올랐다. 10년 전으로 돌아온 지금은 이스포츠에 대한 인 식이 대중적이지 못하다. 서브 컬처. 딱 이 수준에 그쳤다. 하 지만 36살의 현우가 살았던 그 시대에는 이스포츠가 대중화 되었을 뿐만 아니라, 게임에 대한 인식도 좋아져 있었다. 유명 아이돌들은 물론이요, 영화배우들도 게임 광고를 찍을 정도였 으니 말이다.

공중파 데뷔가 무산된 지금의 시점에서 송지유의 첫 커리 어로는 손색이 없다는 판단이 들었다. 실제로 현우가 살았던 시대에는 게임 방송을 시작으로 훗날 엄청난 인기를 끈 아이돌도 존재했다. 현우의 기억으론 그녀가 대부분의 게임 광고를 독점하다시피 했다. 어쩌다보니 운 좋게 블루오션을 개척한 꼴이었다.

"현우야?"

오승석이 생각에 잠겨 있는 현우를 불렀다. 현우가 씩 웃으며 소주잔을 단숨에 비워 버렸다.

"당장 미팅 잡자."

"진짜로?"

현우의 과감한 결정에 오승석이 되물었다.

"어중간한 프로그램에 나가서 이미지를 소비하느니 게임 방송에서 확실하게 포지션을 잡고 들어가는 게 훨씬 나아. 너도 남자니까 알잖아. 김수영 누나 기억 안 나?"

"아! 김수영! 기억난다."

오승석이 무릎을 탁 쳤다.

김수영은 현우나 오승석이 중학생이었던 시절 생방송 게임 TV를 진행했던 여자 MC였다. 연예인도 아닌 그녀는 여대를 다니던 여대생이었는데 리포터로 활동을 하다 SBK 방송국의 '생방송 리얼 게임쇼'를 진행하게 되었다. 유선전화를 통해 시청자가 게임을 진행하는 방식이었는데 당시 김수영의 인기는 엄청났다. '생방송 리얼 게임쇼'를 통해 김수영은 공중파에 본격적으로 데뷔하여 광고는 물론이고 예능 프로그램까지 출연을 했다. 물론 본인이 연예계에 큰 뜻이 없어 금방 결혼을 하고 은퇴를 하긴 했지만 아직까지도 김수영을 기억하는 사람들은 많았다.

"혹시 알아? 나중에 지유가 게임계의 여신이 될 수도 있어."

"이 짧은 시간에 벌써 그렇게까지 생각한 거야? 현우 너도 참 대단하다."

오승석이 혀를 내둘렀다.

"말했잖아. 나는 성공에 굶주린 인간이라고."

"그럼 내일 바로 연락할게."

"아니, 지금 당장 해봐. 아직 저녁이잖아. 그사이에 다른 기획사에서 채갈 수도 있어. 그럼 네가 책임질래?"

"그래그래. 지금 전화할게."

현우의 닦달에 오승석이 급히 핸드폰을 꺼내 들었다.

굿 게임 TV의 본사는 삼성동에 위치해 있었다. 현우는 굿 게임 TV의 본사가 자리 잡고 있는 신축 빌딩을 살펴보았다. 미디어 그룹이라 불리는 대기업의 계열 방송사답게 제법 지원을 받고 있는 것 같았다.

'나쁘지 않아.'

굿 게임 TV에 대한 현우의 첫인상이었다.

로비로 들어서자 사람들의 시선이 송지유에게로 쏠렸다. 그리고 저 멀리서 퉁퉁한 체격의 남자가 급히 현우와 송지유에게로 다가왔다.

"김현우 씨 맞으시죠?"

퉁퉁한 체격의 남자가 먼저 말을 걸어왔다. 현우는 그가 오승석의 고향 선배 권용훈임을 알아차렸다.

"네. 어울림의 김현우입니다. 권 피디님 맞으십니까?"

"맞습니다. 제가 권용훈입니다. 하하. 잘 오셨습니다."

현우와 권용훈이 악수를 나누었다. 송지유도 미소를 머금은 채로 살짝 고개를 숙였다.

"안녕하세요. 송지유라고 합니다."

"지유 씨, 반가워요. 승석이가 그렇게 자랑을 하더니 정말 자랑할 만도 하네요."

송지유를 보는 권용훈의 입이 귀에 걸렸다.

"가시죠. 제가 안내하겠습니다."

권용훈이 황급히 현우와 송지유를 안내하기 시작했다. 에스컬레이터를 타고 2층으로 올라와 회의실로 들어왔다. 현우의 시선이 회의실 안의 화이트보드로 향했다. 화이트보드에 새롭게 들어갈 프로그램에 대한 내용들이 일목요연하게 적혀 있었다.

'생긴 거랑 다르게 꼼꼼한 성격이네.'

기다란 회의실 책상으로 세 사람이 앉았다. 철컥. 뒤이어 문이 열리며 세 남자가 회의실 안으로 들어왔다.

"저희 팀 작가들이랑 조연출입니다."

작가 둘과 조연출이 공손하게 인사를 건네어 왔다. 그러더니 현우의 옆에 다소곳하게 앉아 있는 송지유를 보며 하나같이 멍한 표정들을 지었다.

"간단하게 저희 프로그램 소개부터 하겠습니다."

권용훈이 화이트보드 앞에서 설명을 시작했다.

이번에 새롭게 편성되는 프로그램은 '나에게 게임을 알려 줘!'라는 명칭을 가지고 있었다. 오승석이 현우에게 말했던 것처럼 기본 포맷은 게임 차트의 소개였다. 흔한 포맷이었지만 권용훈 팀은 여기다 한 가지 포맷을 더 추가했다. 매주 게임을 하나 정하여 리포터가 직접 게임을 플레이하고 솔직한 평가를 내놓는다는 것이었다. 즉, 전문가가 아닌 시청자와 눈높이가 맞는 리포터를 통해 게임을 알리는 것이 핵심 포맷이라할 수 있었다.

'제법 신선하겠어.'

현우가 과거로 돌아오기 전에는 흔한 포맷이었지만 지금은 10년 전이었다. 확실히 지금까지 게임 프로그램 중에서 이러한 포맷을 선보인 적은 없었다.

"여기까지입니다."

프로그램 소개가 끝이 났다. 현우는 가장 먼저 권용훈과 팀원들을 살펴보았다. 권용훈은 자신이 있어 보였다. 작가들이나 조연출도 마찬가지였다. 현우는 이러한 점을 높게 평가했다. 프로그램에 대한 애정이야말로 가장 중요한 요소다.

"매니저님 생각은 어떠십니까?"

권용훈이 물었다.

"확실히 재미있겠어요. 단순하게 게임 차트 순위를 소개하는 게 아니라 출연자가 직접 다양한 게임을 플레이하며 시청자들한테 보여주는 거니까요."

긍정적인 평가에 권용훈과 팀원들의 얼굴이 밝아졌다. 권용훈이 본론을 꺼내놓기 시작했다.

"매니저님. 솔직하게 말씀드리면 저희는 지유 씨를 꼭 캐스팅하고 싶습니다. 지유 씨만 출연해 주신다면 저희가 예상하고 있는 시청률보다 최소 두 배는 더 나올 거라 생각합니다."

"두 배까지요?"

현우는 일부러 모른 척을 하며 되물었다. 최대한 송지유의 가치를 올려야 했다.

"그럼요. 지유 씨 정도면, 음. 현석이 네가 말해봐라."

"네? 네!"

막내 작가 이현석이 황급히 캐스팅 보드를 테이블 위로 깔아놓았다. 캐스팅 보드에는 요즘 활동하고 있는 신인 걸 그룹들의 사진이 즐비했다. 그리고 대부분이 센터 포지션을 잡고 있는 멤버들의 사진들이었다.

"저희가 접촉한 출연자 목록입니다."

"화려하네요."

현우는 내심 놀랐다. 중소 기획사들의 걸 그룹이 대부분이었지만 개중에는 어느 정도 규모가 있는 기획사 소속의 걸 그룹들도 보였다. 특히 현우의 시선을 붙잡은 건 S&H의 신인 걸 그룹 핑크플라워의 센터인 이혜미의 사진이었다.

"지유야. 이혜미다."

"봤어요."

송지유의 표정이 차가워졌다. 여기서 또 이혜미를 보게 될 줄은 몰랐다.

"사실 저희 전부 까였습니다. 하하."

권용훈이 사람 좋게 웃었다. 당연한 결과였기에 현우는 놀라지도 않았다. 하지만 문득 S&H가 왜 이 캐스팅 보드에 있는지가 궁금해졌다.

"S&H에는 어떻게 접근하신 겁니까?"

"S&H요? 핑크플라워의 젊은 매니저분이랑 긍정적으로 이야기가 오고는 갔습니다만, 그 윗선에서 까였습니다."

"그래요?"

젊은 매니저라면 손태명이 분명했다.

'태명이도 확실히 능력이 있는 녀석이긴 했지.'

과거로 돌아오기 전에는 S&H 같은 거대 기획사의 팀장 자리까지 올라간 손태명이었다. 확실히 손태명도 생각이 깨어 있었다. 하지만 현우는 말없이 웃었다. 손태명과 현우의 차이가 여기서 명확하게 나타났다. 일개 신입 매니저인 손태명은 능력을 선보일 한계가 명확했다.

'거대 기획사가 일개 신입 매니저의 의견에 좌지우지된다? 말도 안 되지. 우리나라가 그렇게 오픈 마인드인 나라였으면 헬조선이라는 소리가 왜 나왔겠어?'

현우는 쓴웃음을 삼켰다. 그사이 권용훈이 말을 잇기 시작했다.

"저희가 캐스팅 보드를 보여드린 이유는 걸 그룹들까지 섭외했다고 자랑을 하려는 게 아닙니다. 그만큼 이번 프로그램에 대한 우리들의 각오와 기대를 보여 드리고 싶었습니다. 그리고 솔직히 지유 씨가 너무나 탐이 납니다. 저희랑 함께 이 프로그램을 만들어가는 게 어떻습니까?"

권용훈은 정중하게 부탁을 하고 있었다. 작가들이나 조연출도 간절해 보였다.

"이렇게까지 우리 지유를 좋게 봐주시니 감사합니다. 그래도 일단 지유랑 이야기를 좀 해보겠습니다."

현우 역시 자리에서 일어나 정중하게 말을 했다. 권용훈이 벽에 걸린 시계를 쳐다보며 입을 열었다.

"그럼 두 분이서 상의하시고 전화 주세요. 저희는 나가보겠습니다."

권용훈과 팀원들이 회의실을 빠져나갔다.

"지유야. 네 생각은 어때?"

이미 결정을 내린 현우였지만 그래도 송지유의 생각을 듣고 싶었다.

"하고 싶어요."

"정말이야?"

"네. 게임 방송이면 남자들이 많이 보는 채널이잖아요. 그리고 리포터 같은 거 한번 해보고 싶었어요."

"진짜 그것뿐이야?"

현우의 의미심장한 질문에 송지유가 옅은 미소를 지었다.

"프로그램이 잘되면 이혜미도 배 아파할 테니 재밌을 것 같아요."

"하하. 그럴 거야. 근데 게임은 좀 알아?"

"잘 몰라요. 근데 오빠가 가르쳐 주면 되잖아요?"

"좋아. 그럼 우리 이 프로 해보자. 대신 게임 방송이라는 걸 알아둬. 지유 네가 아무리 예쁘고 매력적이라고 해도 게임을 좋아하지 않으면 시청자들도 금방 흥미를 잃을 거야. 그래서 난 혹독하게 너한테 게임을 가르칠 거고, 처음에는 힘들 수도 있어. 그래도 괜찮아?"

"괜찮아요. 오빠도 알잖아요, 저 독종인 거."

이제야 현우가 마음 편히 빙그레 웃었다.

그 후로는 일사천리였다. 출연 계약이 맺어졌다. 첫 촬영
은 2주 뒤인 금요일 오전 10시였다. 남은 시간은 14일. 현우
는 그 전에 요즘 유행하는 게임들을 섭렵시킬 생각이었다.

　　　　　*　　　　　*　　　　　*

그날 이후로 송지유는 수업이 끝나면 무조건 어울림을 찾
아왔다. 굿 게임 TV에서 보내준 자료들로 함께 게임 공부를
했고, 매일 현우와 함께 PC방으로 출근 도장을 찍기 시작했
다. 송지유가 배우기 시작한 게임은 현재 이스포츠를 주름잡
고 있는 전략 시뮬레이션 게임 하나와 FPS 게임 하나, 그리고
가장 인기 있는 국산 온라인 게임 하나였다.

송지유의 집중력은 무시무시했다. 불과 일주일 만에 게임의
'게' 자도 몰랐던 여자아이라고는 생각할 수 없을 정도로 세
가지 게임에서 모두 성과를 나타내고 있었다. 특히 FPS 게임
을 가장 잘했다.

홍인대학교 근처의 PC방. 둘 다 편한 옷차림에 후드로 얼굴
까지 가리고 게임에 몰입해 있었다.

퍽! 화면 속에서 피가 튀며 현우의 캐릭터가 바닥을 굴렀다. 송지유의 캐릭터가 먼 거리에서 저격을 해버린 것이었다.

"복수 성공!"

"와? 이걸 맞혀?"

송지유가 주먹까지 말아 쥐었다. 현우가 머리를 긁적이며 마우스를 내려놓았다.

"오빠, 컵라면 하나씩 먹어요. 빅 팸도요."

"오케이."

현우가 의자에서 일어나자 송지유를 구경하던 중고등학생들이 우르르 길을 터주었다. 소문이 났는지 현우와 송지유의 단골이 된 이 PC방은 남자 손님들로 가득했다.

"3,000원입니다."

알바에게 계산을 하고 돌아서려는 찰나, 드르륵 핸드폰이 울려댔다.

"뭐지? 갑자기?"

발신자를 확인한 현우의 눈매가 가늘어졌다. 다시 연락을 하게 될 거라고는 생각하지도 못했던 인물의 이름이 핸드폰에 떠 있었다.

"네. 김현우입니다."

─현우 씨, 오랜만이네요. 이진이에요. 지금 통화 가능하세요?

"가능합니다. 그런데 무슨 일이시죠?"

─섭외가 가능할까 해서 전화 드렸어요.

섭외라는 단어에 현우의 얼굴이 찌푸려졌다.

"발굴 뉴 스타 섭외 건이라면 분명히 제 의사를 전해 드렸을 텐데요."

─아, 미안해요. 제가 설명이 짧았죠? 저 발굴 뉴 스타 하차 했어요.

"그래요?"

첫인상이 틀린 모양은 아니었다. 제법 똑똑한 여자라는 생각이 들었다.

─현우 씨가 했던 말을 듣고 곰곰이 생각을 해봤는데, 제가 생각해도 답이 나오지 않았어요. 결국 하차를 했죠. 이번에는 또 말이 길었네요. 본론만 말할게요. 현우 씨랑 지유 씨 때문에 다시 기회를 잡았어요. 그러니까 저도 은혜를 갚아야겠죠? 이번 프로 저랑 같이해 봐요.

"프로그램 명이 뭡니까?"

─아마 깜짝 놀랄 거예요.

"뭐 무모한 형제들이라도 됩니까?"

─어? 맞아요. 어떻게 알았어요?

"……!"

순간 현우는 말문이 턱 막혀 버렸다.

설마가 사람 잡는다더니 딱 그 꼴이었다.

무모한 형제들 팀이 사용하는 편집실은 MBS 방송국 내에서도 편의점이라는 별명을 가지고 있었다. 24시간 내내 불이 꺼지지 않는다는 점, 그리고 편의점에서나 볼 법한 여러 인스턴트 음식들로 가득하다는 점이 편의점이라는 별명이 붙게 된 계기였다.

편집실에서는 오늘도 편집이 한창이었다. MBS 방송국의 간판 예능 프로그램답게 무모한 형제들 팀은 편집에도 남다른 심혈을 기울이기로 유명했다.

"진짜 이러다 나 죽는 거 아니냐?"

의자에 기대어 이승훈이 신세를 한탄했다. 벌써 3일째 밤샘이었다. 쪽잠을 자기는 했지만 피로는 풀릴 줄을 몰랐다. 잠깐이나마 눈을 붙이려는데 덜컹 편집실 문이 열렸다.

"겨우 입사 1년 차인 놈이 빠져 가지고 잠이 와?"

이승훈이 급히 눈을 비비며 편집실로 들이닥친 불청객을 살폈다. 무모한 형제들의 메인 피디인 이준영이었다.

"선배, 이 시간에 무슨 일이세요? 회의 벌써 끝났어요?"

오전 10시에 잡혀 있었던 회의가 30분도 지나지 않아 마무리가 되었다. 필시 만족할 만한 결과가 나오지 않았을 것이란 생각이 들었다.

"일단 조윤지는 출연하기로 했다."

"정말이에요?"

이승훈이 반색을 했다.

"그럼 캐스팅 문제는 대충 해결된 거 아니에요?"

"부족해."

"예?"

이승훈은 어이가 없었다. 조윤지라 하면 데뷔 5년 차에 접어든 30살의 창창한 인기 트로트 가수였다. 바쁜 행사 스케줄 때문에 지금까지 출연을 고사했다가 작가 팀이 간신히 설득을 하여 출연이 확정되었다. 그런데도 이준영은 얼굴이 밝지 않았다.

"너 특집 프로젝트가 만만한 줄 알아? 조윤지 한 명 가지고는 부족해. 저번 가요제 때문에 시청자들 기대가 높아. 너도 모르는 건 아니잖아?"

"하긴 그렇죠. 저번 가요제가 대박을 치긴 했으니까요. 그런데 지금은 그게 우리들 발목을 잡고 있는 꼴이네요."

편집실의 공기가 무거워졌다.

무모한 형제들은 단순한 예능 프로그램이 아니었다. 평균 시청률은 13%를 웃돌았고 1년에 두세 번 계획되는 특집 프로젝트 때는 20%가 넘는 시청률을 기록하기도 했다. 그리고 작년에 방영되었던 여름 가요제 특집 프로젝트는 무려 25%의

최고 시청률을 기록했다.

특집 프로젝트 때마다 승승장구를 하게 되니 예능국에서도 기대가 컸다. 그리고 그 기대만큼이나 메인 피디 이준영의 부담도 컸다.

이번 특집 프로젝트의 주제는 트로트였다. 침체된 트로트 장르를 살리고자 기획한 프로젝트였다. 기본 포맷은 가요제와 비슷했다.

무모한 형제들의 멤버들이 각각 트로트 가수들과 짝을 맺어 곡을 만들고 무대에 올라 순위를 매긴다.

남자 트로트 가수로는 성대식과 하준호, 김철을 섭외했고, 여자 트로트 가수는 전설적인 가수인 주란미와 요즘 한참 인기를 끌고 있는 젊은 트로트 가수 조윤지를 섭외했다. 하나 무모한 형제들의 멤버는 총 6명. 마지막 한 명을 더 섭외해야 했다.

그리고 이준영은 마지막 한 자리에는 대중들의 흥미를 자극할 뉴 페이스를 넣고 싶었다. 하지만 트로트 가수들은 파이가 좁았다.

젊은 나이에 신선하고 흥미를 끌 수 있는, 거기다 실력도 검증된 트로트 가수를 섭외하기란 쉽지 않았다.

"우리가 너무 쉽게 생각했던 것 같아. 특집 프로젝트로 트로트를 선택한 것까지는 신선했지만 그뿐이야. 조윤지 빼고는 요즘 히트곡을 내는 트로트 가수들도 없어. 이런 말 하기는 좀 그렇지만 다들 TV에서 너무 많이 본 사람들이야. 질릴 정도라고."

"그렇다고 무명 트로트 가수들을 출연시킬 수도 없잖아요?"

"그러니까 말이다."

"결국 여자 아이돌 하나 넣어야 할까요? 차선책이긴 하지만 어쩔 수가 없잖아요."

"아이돌? 트로트를 부를 수 있는 애들이 존재하긴 하냐? 일단 넌 눈 좀 붙여. 점심 먹기 전에 깨워줄 테니까."

"듣던 중 반가운 소리네요. 그럼 조금만 자겠습니다."

이승훈이 간이침대에 눕자마자 잠이 들었다.

이준영은 노트북 앞에 놓여 있는 USB를 꽂아 넣었다. 작가들이 밤을 새워가며 만든 자료들이 펼쳐졌다. 피피티 파일에는 여자 아이돌에 대한 정보가 주르륵 펼쳐졌다.

사진을 클릭하면 동영상이 재생되며 섭외 목록에 오른 여자 아이돌들이 트로트를 불렀다.

다들 열심이었다. 그리고 필사적이었다. 아예 회사 차원에서 대대적인 홍보 동영상을 만들어 넣은 기획사도 있었다. 여기까진 그럴 수 있다 싶었다. 그런데 다들 엉망이었다. 트로트를 부르는 것이 아니라 트로트를 따라하고 있었다. 그것도 대다수가 조윤지의 히트곡들을 불러댔다. 가뜩이나 조윤지를 섭외하느라 심신을 소비했는데 짜증이 났다.

"이건 뭐 앵무새들도 아니고 진짜 개판이구만."

이준영 피디가 거칠게 USB를 뽑아버렸다. 도무지 마음에 드는 인물이 없다. 그러다 이준영의 시선이 노트북 랜선 뒤에 끼어 있는 CD 케이스로 향했다.

이준영이 CD 케이스를 집어 들고는 아무 생각 없이 CD를 재생시켰다.

동영상 파일 하나가 시작되었다. 대학교 축제 무대가 보였고 진한 개나리 색깔 원피스를 입은 여대생 한 명이 무대에 올라왔다.

"호오? 예쁜데?"

순수한 감탄사였다. 동영상이 재생되며 여대생이 노래를 부르기 시작했다. 전주곡이 흘러나왔다. 등려군의 대표곡 월량대표아적심이었다.

"이걸 불렀다고?"

하지만 의심은 전주가 끝나고 여대생이 입을 떼는 그 순간부터 사라져 버렸다. 손깍지까지 낀 채로 이준영은 동영상 속 무대에 빠져들었다.

3분 정도밖에 되지 않는 짧은 무대가 끝이 났다. 이준영은 다시 한번 동영상 파일을 재생시켰다. 그러기를 여러 번, 이준영이 벌떡 의자에서 일어났다.

"일어나 봐! 빨리!"

"점심시간이에요? 선배?"

부스스한 얼굴로 이승훈이 일어났다. 그러거나 말거나 이준영은 이승훈에게 CD 케이스를 던졌다.

"너 이거 어디서 났어?"

"아, 이거요? 며칠 전에 쓰레기통에서 주은 건데요? 이진이 작가 이름이 적혀 있어서 버리기는 뭐하고 그냥 아무 데나 둔 건데, 그건 또 언제 보신 거예요?"

"이진이 작가? 알았으니까 일단 너도 한번 봐봐."

이준영이 다시 동영상을 재생시켰다. 헤드폰까지 빼고 노트북 사운드를 최고로 올렸다. 청아하고 애절한 목소리가 편집실 안을 가득 채웠다. '

벌써 열 번 가까이 봤지만 이준영은 동영상 속 여대생과 그녀가 부르는 노래에서 눈을 뗄 수가 없었다. 이승훈도 마찬가지였다. 강력했던 수면 욕구가 대번에 사라졌다.

"선배, 이거 대체 뭐죠? 얘 누구예요? 가수예요?"

"나한테 그걸 왜 물어봐? 빨리 이진이 작가 데려와. 30분 내로!"

"예!"

이승훈이 자리를 박차고 일어나 편집실 밖으로 뛰쳐나갔다.

*　　　　　*　　　　　*

　―그래서 저도 얼떨결에 무모한 형제들 작가 팀에 합류하게 됐어요. 현우 씨랑 지유 씨 덕분에 기회를 잡은 거죠.

　"김기태 피디는 가만히 있었습니까?"

　―그 인간은 아직 몰라요. 그리고 신경 쓰고 싶지도 않아요. 어때요? 당연히 생각 있죠? 현우 씨랑 지유 씨에게도 큰 기회가 될 거예요.

　"잠시만요."

　―알겠어요. 너무 급작스럽기는 하네요. 시간을 좀 줄게요.

　현우는 잠시 핸드폰을 내려놓았다. 심장이 미친 듯이 뛰었다.

　공중파 3사 중에서도 수년째 최고의 인기를 누리고 있는 예능 프로그램이 바로 무모한 형제들이었다. 그것도 특집 프로젝트였고, 하필 그 특집의 주제가 트로트였다.

　송지유를 위한 무대였다. 그 무대에서 송지유는 대중들에게 찬란한 빛을 보여줄 것이다. 현우가 다시 핸드폰을 가져다 대었다.

　"미팅 언제입니까?"

　―내일 만나요. 지유 씨랑 예능국으로 직접 오세요.

"알겠습니다. 지유 수업 끝나는 대로 바로 가죠."

―호호! 저도 설레네요. 내일 봐요, 현우 씨.

툭. 통화가 끝이 났다. 현우는 아직도 믿기지가 않았다. 그 사이 송지유가 다가와 현우를 빤히 쳐다보고 있었다.

"누구랑 통화를 그렇게 길게 해요? 컵라면 다 불었잖아요."

"지유야."

"네?"

"인생은 한 방이라더니 진짜 그런가 봐."

현우의 뜬금없는 말에 송지유가 작게 웃었다.

"우리 할머니도 그러셨어요. 인생 뭐 별거 없다고 말이에요. 근데 무슨 일 있었어요? 누구 전화였어요?"

"이진이 작가 전화였어."

"이진이 작가님이었어요? 무슨 일인데요?"

"무모한 형제들 알지?"

"네. 알아요."

"너 거기 출연하게 될 것 같다."

그렇게 말하고는 현우가 씩 웃어 보였다. 송지유의 기다란 속눈썹이 파르르 떨렸다.

"방금 뭐라고 했어요?"

"무모한 형제들에 너 나간다고, 지유야."

"…진짜예요?"

"응. 내일 미팅 잡혔어. 별다른 문제가 없다면 확정으로 봐
도 좋아."

비명과 함께 송지유가 현우에게 안겼다. 그 차분한 송지유
가 방방 날뛰었다.

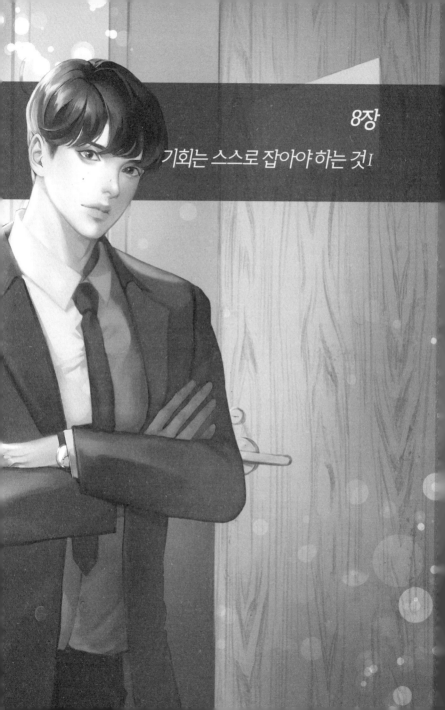

8장

기회는 스스로 잡아야 하는 것 I

⟨현우 씨, 저 이진이에요. 오늘 미팅 끝나고 인터뷰 영상도 바로 따야 할 것 같아요. 괜찮죠? 부탁해요!⟩

이진이가 남긴 문자 한 통에 아침부터 축제 분위기였던 어울림은 비상이 걸렸다. 현재 시각은 오전 10시. 인터뷰 시간은 오후 2시였다. 단순히 미팅이라면 몰라도 인터뷰 영상을 따야 한다. 의상부터 시작해서 챙길 것들이 많아졌다.

그리고 가장 바쁜 인물은 역시나 현우였다.

―네. 오빠!

"은정아. 지유 풀 세팅해서 1시까지 학교 정문으로 나와."

—풀 세팅이요?

"인터뷰 영상 찍어야 한다고 조금 전에 작가한테 연락 왔어."

꺅꺅! 거리는 김은정의 비명 소리에 현우가 급히 핸드폰을 멀리했다.

—오빠? 오빠?

"의상이랑 헤어는 네가 알아서 하겠다만 가급적이면 수수하고 자연스럽게, 그리고 또 화사하게 준비해 줘. 대놓고 연예인처럼 보이면 안 된다는 이야기야. 그렇다고 일반인 같아서도 안 되고. 할 수 있지?"

—와아. 어렵네요. 알았어요! 최대한 잘해볼게요. 그럼 이따 봐요! 아! 지유가 바꾸래요.

"그래, 지유야."

—인터뷰면 따로 준비할 건 없어요? 예상 질문이나 답변 이런 거.

송지유다운 침착한 질문이었다.

"없어. 리얼리티 프로니까 방송국 도착하면 작가들이 가이드라인은 정해줄 거야. 그러니까 넌 아무런 걱정 말고 최대한 완벽하게 꾸미고 나와."

—알았어요.

"그래, 이따 보자."

전화를 끊자마자 오승석이 사무실로 들어섰다. 붉게 상기된 얼굴로 오승석이 입을 열었다.

"인터뷰 영상 잡혔다며? 그럼 출연 확정인 거야?"

"확정이다. 승석아."

"하하! 축하한다! 축하해!"

오승석이 와락 현우를 껴안았다. 때마침 추향과 김정호도 사무실로 모습을 나타냈다.

"선생님. 정호 형님. 우리 지유, 무모한 형제들 출연 확정된 것 같습니다."

"정말이에요? 현우 씨?"

"물론이죠. 다 선생님이랑 정호 형님 덕분입니다."

현우가 씩 웃으며 말했다.

＊　　　　＊　　　　＊

"와. 진짜였네?"

이승훈이 로비의 소파에 앉아 있는 송지유를 발견하곤 입을 다물지 못했다. 딱! 이준영이 그런 이승훈의 뒤통수를 냅다 갈겼다.

"얌마! 사진발도 아니고 동영상발일 수 있다고 헛소리하더니 꼴좋다?"

"선배! 사람들 보잖아요?!"

"시끄럽고, 제법 괜찮은 물건이네."

"그래요, 선배?"

"생각했던 것보다 이 작가님의 안목이 괜찮아. 이 작가님, 진심으로 합류를 환영합니다."

이준영이 송지유를 뚫어져라 쳐다보며 옆에서 함께 걷고 있는 이진이에게 말했다. 이진이가 허탈하게 웃었다.

"지유 씨가 별로였으면 큰일이라도 날 뻔했네요."

"제가 김기태 선배입니까? 그런 양아치랑은 구분 좀 하시죠."

그렇게 말하며 이준영이 성큼성큼 현우에게로 다가갔다. 현우 역시 이준영을 살펴보고 있었다. 겉모습만 보면 단단한 체격에 퉁명스러운 인상의 사내였다. 하지만 폐지 직전이었던 무모한 형제들을 맡아 대한민국 최고의 예능으로 만든 장본인이 바로 이준영 피디였다. 대중들에게 익히 알려진 그는 진정한 스타 PD라고 할 수 있었다.

"어울림의 김현우입니다. 이준영 피디님이시죠? 반갑습니다."

현우가 먼저 손을 내밀었다. 악수를 나누며 이준영이 의외라는 얼굴을 했다. 거대 기획사의 팀장급 매니저들도 입사 1년 차인 이승훈의 눈치를 봤다. 하물며 메인 피디인 자신이 직접 나타났다. 평소 격의 없는 성격인지라 거슬리지는 않았지만 눈앞의 매니저가 특이하다는 생각은 들었다.

"이준영입니다. 무모한 형제들의 메인 피디를 맡고 있습니다."

"이승훈입니다."

"이진이에요. 또 보게 되서 반가워요."

이진이가 현우와 송지유를 번갈아보며 밝게 웃었다.

"송지유입니다. 잘 부탁드리겠습니다."

송지유가 흘러내리는 머리카락을 뒤로 넘기며 인사했다. 평소 다른 사람들의 반응처럼 이승훈도 얼굴을 붉혔다.

"앉으시죠."

현우가 반대편 자리를 권했다. 자리에 앉자마자 이준영이 이승훈에게 눈짓을 건넸다.

"이번 특집 기획안입니다. 매니저님도 읽어보세요. 지유 씨도 드릴게요."

이승훈이 현우와 송지유에게 기획안을 건네었다. 무모한 형제들의 로고가 그려진 기획안을 받아 든 현우는 감회가 새로웠다. 기껏해야 A4 용지 열 장 남짓이었지만 그 무게는 결코 가볍지 않았다.

'특집 프로젝트 기획안이라. 그것도 메인 피디가 직접 나에

게 건네줬어. 현우야. 너 출세했구나.'

실실 웃음이 새어 나오는 걸 간신히 참았다. 현우는 차분히 기획안을 읽어 내려갔다.

'주란미를 섭외했다고? 게다가 조윤지도?'

성대식이나 하준호, 김철과 같은 남자 트로트 가수들에 비해 여자 트로트 가수들 쪽이 비교도 할 수 없을 정도로 더욱 무게가 있었다. 결국 이번 트로트 특집 프로젝트의 스포트라이트는 여성 트로트 가수들 쪽으로 쏠릴 것이 분명했다.

'조윤지나 주란미를 중심으로 특집 프로젝트를 촬영하겠구나. 하지만 우리 지유에게도 기회야. 파트너는 가능하면 정훈민이 좋겠는데 말이야.'

현우는 무모한 형제들의 멤버들 중에서도 정훈민에게 주목을 했다. 개그맨 출신인 정훈민은 저번 여름 가요제 때 꼴등을 했다. 하지만 현우는 정훈민의 미래를 알고 있었다. 지금은 무모한 형제들의 멤버들 중에서 가장 비중이 적었지만, 그만의 독특한 음악적 소양이 훗날 빛을 발하며 독보적인 위치를 차지하게 된다. 당연했다. 정훈민은 연예계에서도 소문난 걸그룹 덕후였다.

"어때요? 현우 씨 생각을 듣고 싶어요."

현우가 기획안을 테이블로 내려놓자마자 이진이가 물었다. 이진이가 듣고 싶은 건 입에 발린 소리가 아닌 현우의 솔직한 생각이었다.

"특집 프로젝트는 조윤지 씨랑 주란미 선생님을 중심으로 돌아갈 것 같네요. 피디님이 지유에게 바라고 있는 것도 알 것 같습니다. 조윤지 씨랑 주란미 선생님, 그리고 나머지 게스트분들이 남기는 여백을 메워라. 이거 아닙니까?"

나른한 표정을 하던 이준영이 안색을 달리했다. 현우는 이번 특집 프로젝트의 맥을 정확하게 짚고 있었다. 트로트 특집 프로젝트 자체는 신선하다. 하지만 문제는 인기몰이 중인 조윤지나 명성이 두터운 주란미를 제외하곤 다른 트로트 가수들이 대중들에게 너무나도 익숙하다는 것이었다. 연출진 입장에서 익숙한 대상으로부터 새로운 이야기를 뽑아내서 스토리텔링을 한다는 건 너무나도 어려운 일이다. 그래서 필요한 출연자가 바로 송지유 같은 신선한 출연자였다.

소파로 몸을 묻고 있던 이준영이 현우에게로 몸을 가까이 했다.

"몸만 쓸 줄 아는 매니저는 아니시네. 현우 씨처럼 머리를 써야 하는데 말이에요, 그렇죠?"

"과찬이십니다."

"솔직하게 미리 말씀드리겠습니다. 송지유 씨의 비중은 게스트들 중에서는 가장 적을 겁니다. 분량도 적을 겁니다. 우리가 바라는 건 신선함, 딱 그것뿐입니다. 그렇다고 해서 부담

가지지 말라는 말은 안 할 겁니다. 리얼리티 프로그램의 특성상 분량은 게스트의 역량에 달린 거니까요."

이준영의 직설적인 말에 송지유의 얼굴로 부담감이 들어찼다. 현우가 송지유의 어깨로 손을 올리며 씩 웃어 보였다.

"우리 지유는 잘할 겁니다. 매니저인 제가 보증하겠습니다."

"보증이요?"

이준영의 물음에 현우가 자신 있게 고개를 끄덕거렸다.

"피디님께서 지유에게 원하는 것이 신선함이라는 건 처음부터 어느 정도는 알고 있었습니다. 우리 지유라면 뭐 하나 빠지는 게 없죠. 매력적이고 아름다운 외모, 20살이라는 어린 나이, 홍인대학교 학생이면서 동시에 트로트 가수라는 특이한 이력까지. 피디님도 이런 것들을 고려하신 거 아닙니까?"

"맞아요. 근데 그런 말을 자기 입으로 아무렇지도 않게 하는 스타일입니까?"

"사실이지 않습니까?"

"하하하!"

이준영이 크게 웃음을 터뜨렸다. 그러더니 이승훈의 뒤통수를 어루만졌다.

"매니저님이 더 마음에 드는데요? 싹싹하고 패기가 넘치는 게 이 녀석이랑은 영 딴판이야."

"선배! 아무리 그래도 초면에 창피하게!"

"그럼 네가 평소에 잘하던지."

그렇게 말하곤 이준영이 송지유를 쓱 바라보았다.

"일단 매니저님은 너무 마음에 들고, 송지유 씨도 매니저님 만큼이나 자신 있어요?"

"네. 잘할 수 있어요. 최선을 다할게요."

송지유의 다짐 섞인 말에 이준영의 입가에 호선이 그려졌다. 보통 신인은 판을 깔아주겠다는 엄포에 일단 겁을 먹는다. 하지만 송지유는 전혀 그렇지 않아 보였다.

분홍색 입술을 앙다물고 있는 걸 보니 매니저만큼이나 보통은 아닌 것 같았다. 무명에 가까운 신인이라 큰 기대는 없었지만 걱정할 것도 없어 보여 마음이 편했다.

"그럼 미팅은 여기까지 하고 근처 카페에 촬영 준비 다 해 놨으니까 자리 옮깁시다. 이동은 우리 제작진 차로 할 겁니다. 일단 정문에서 조금만 기다리고 있어요. 챙길 거 챙겨서 올 테니까."

이준영이 먼저 자리에서 일어났고 이승훈과 이진이가 그 뒤를 따랐다.

"떨지 않고 잘했어."

"그래요? 다행이네요. 진짜 엄청 긴장했거든요."

"말했잖아. 넌 천생 연예인이라니까."

"그랬으면 좋겠어요. 정말."

"슬슬 일어나자. 인터뷰 영상 찍으러 가야지."

현우도 송지유와 함께 소파에서 일어났다.

방송국 근처 카페로 도착하니 이미 촬영 준비가 완료된 상태였다.

"지유 씨. 10분 이따가 촬영 들어갈게요. 이번 특집에 임하는 각오랑 신상에 대해 간단하게 물어볼 거예요. 실수해도 되니까 너무 떨지 말아요."

이진이가 대본을 손에 쥔 채 송지유를 다독였다.

"촬영 준비하겠습니다! 송지유 씨! 이쪽 테이블로 와주세요!"

FD의 외침에 현우가 송지유를 이끌고 테이블로 앉혔다.

"은정아!"

"네! 오빠!"

카페 문이 열리며 메이크업 보관함을 들고 김은정이 급히 달려왔다. 얼떨결에 촬영 현장으로 들어온 김은정은 주변을 둘러볼 새도 없이 송지유의 화장을 점검했다. 그러더니 급히 고데기를 꺼내 들었다.

"몇 분 남았어요?!"

"7분!"

"으아!"

김은정이 괴성을 흘리며 고데기로 송지유의 기다란 머리카락에 능숙하게 컬을 넣었다.

"다 됐어요!"

"오케이!"

김은정의 어깨를 두드려 준 현우는 카페 바닥에 한쪽 무릎을 꿇고 송지유를 똑바로 주시했다.

"지유야."

"……."

보석 같던 송지유의 눈동자가 심하게 흔들리고 있었다.

"천하의 송지유가 긴장을 한다고? 이거 안 믿기는데?"

"저도 사람이에요."

마침내 송지유가 대답을 했다. 현우가 씩 웃으며 송지유의 머리를 쓰다듬었다. 방황하던 송지유의 눈동자가 현우를 담았다.

"저… 잘할 수 있겠죠?"

"당연하지. 넌 송지유야. 그냥 이혜미가 보고 있다고 생각해."

"걔는 상관없어요."

현우의 농담에 송지유가 작게 웃으며 말했다. 송지유가 웃자 현우도 덩달아 웃었다.

"최대한 솔직하게 있는 그대로만 이야기해. 편집은 이진이 작가님이 알아서 잘해주실 거야. 그렇죠, 작가님?"

"당연하죠. 그런데 저한테 부담 주시는 거예요?"

"어차피 한 배를 탄 운명 아닙니까? 지유가 잘 풀려야 작가
님도, 저도 잘 풀리는 거니까요."

"호호. 그렇긴 하네요. 최선을 다해볼게요."

이진이 작가의 농담까지 더해지자 송지유의 얼굴이 풀어졌다.

"촬영 1분 전입니다! 매니저님!"

"알겠습니다! 지유야. 내가 뒤에 있을 테니까 긴장되면 나를
보고 말해. 알았지?"

현우가 제작진 틈으로 끼어들었다. 드디어 카메라가 돌기 시
작했다. 순식간에 테이블로 카메라 두 대가 달려들었다. VJ와
이진이가 송지유에게로 밀착했다.

"먼저 자기소개부터 해주시겠어요?"

이진이도 긴장한 표정으로 운을 떼었다. 그런데 갑자기 송
지유가 자리에서 일어났다. 돌발 상황에 제작진과 이준영이
송지유를 주시했다.

"안녕하세요? 무모한 형제들 시청자 여러분. 그리고 무모한
형제들 멤버 여러분. 송지유라고 합니다."

"이번에 트로트 특집 프로그램에 마지막 게스트로 출연을
하게 되었어요. 소감이 어때요?"

"꿈만 같아요."

"꿈이요?"

"네. 처음에는 매니저 오빠가 거짓말을 하는 줄 알고 의심까지 했었어요."

제작진 몇 명이 작게 웃음을 흘렸다. 현우도 마찬가지였다.

"그런데 현실이 되어버렸네요?"

"네. 정말 기뻐요."

"쟁쟁한 선배님들이 출연하는데 떨리지는 않나요?"

"떨려요. 근데 대선배님들이시잖아요? 직접 보고 많은 것들을 배우고 싶어요."

"마지막으로 하고 싶은 말이 있나요?"

이진이의 질문이 끝나자 송지유가 현우를 바라보았다.

"이제 앉아도 되나요?"

송지유의 한마디에 제작진이 폭소를 터뜨렸다. 차가워 보이는 겉모습과 순진한 면이 합쳐지자 괜히 웃음이 났다. 남자제작진들은 대놓고 아빠 미소를 짓고 있었다.

이진이도 굳이 웃음을 참지 않았다.

"앉아도 돼요. 그럼 질문 하나만 더 할게요. 파트너가 되고 싶은 멤버가 있다면요?"

이진이의 질문이 끝나자 현우가 눈을 빛냈다. 촬영 전에 현우가 이진이에게 특별히 부탁을 한 질문이었다. 이진이도 흔쾌히 현우의 부탁을 받아들였다. 멀찍이 서서 이준영은 이 장면을 지켜만 보고 있었다. 리얼리티 프로그램의 특성상 제작진의 개입은 최대한 자제하는 편이었다.

"정훈민 선배님이랑 파트너를 하고 싶어요."

제작진 일부가 탄식과 웃음을 동시에 터뜨렸다. 무명 신인가수와 무모한 형제들 내에서도 웃음이 아닌 비웃음을 담당하고 있다고 평가받는 정훈민이었다. 딱 봐도 어떤 그림이 나올지 대충 예상이 되는 조합이었다.

"이유가 있어요?"

"여러모로 제가 편할 것 같아서요."

또 여기저기서 웃음이 터져 나왔다.

"무표정으로 그런 말을 하니까 진담인지 농담인지를 모르겠어요. 농담이죠?"

"진담이에요."

송지유가 장난꾸러기같이 희미하게 미소를 지으며 촬영은 끝이 났다.

"휴우."

송지유가 한숨과 함께 의자로 무너져 내렸다. 현우가 용수철처럼 테이블로 뛰어나갔다.

"오빠……."

"잘했어! 진짜 잘했어!"

"진짜로 잘했어요?"

"그래. 최고였어."

"송지유! 진짜 최고!"

김은정이 송지유의 목을 와락 끌어안았다. 그사이 이준영이 이승훈을 대동하고 현우의 앞으로 섰다.

"진심으로 훈민이 형을 파트너로 지목한 겁니까?"

이준영이 현우에게 물었다. 정훈민을 희망 파트너로 고른 것이 현우의 의중이라는 걸 이준영이 모를 리가 없었다.

"네. 그렇습니다."

"매니저님의 생각을 듣고 싶군요."

"피디님이 주문하신 것처럼 우리 지유가 여백을 메워야 하지 않겠습니까? 그렇다면 정훈민 씨가 파트너로는 제격이죠. 정훈민 씨가 평소에 다른 멤버들을 잘 받쳐주는 편이니까요. 일종의 상생이죠."

"음……."

이준영이 미간을 찌푸렸다. 무모한 형제들은 모든 연예인들이 선망하는 꿈의 예능이었다.

실제로 무모한 형제들에 출연이 확정되면 소속 연예인의 기획사들은 총력을 기울인다. 얻을 것이 많은 노다지 땅이나 다름없기 때문이었다.

미팅에서 여백을 메우라는 주문을 하긴 했지만 여섯 멤버 중 가장 분량이 적은 정훈민을 선택할 줄은 몰랐다. 매니저라면 어떻게든 비중이 크고 분량이 많은 멤버와 소속 연예인이 짝이 되기를 바랄 것이다.

그런데 어울림의 매니저 김현우는 미련 없이 정훈민을 선택했다. 패기가 넘치고 야심이 큰 스타일인 줄 알았는데 지금 보니 또 달랐다.

무언가 찜찜하다는 생각이 들었다.

"여백을 메우라고는 했지만 강제적인 건 아니에요. 명색이 리얼리티 프로그램 아닙니까? 제작진이 이래라 저래라 할 수는 없는 겁니다. 매니저님 스스로 선택의 폭을 제한했다는 생각이 드는군요. 어쨌든 총책임자로서 기본적인 가이드라인은 쳐주겠지만, 앞으로 선택은 매니저님과 송지유 씨의 몫이라는 걸 잊지 않는 게 좋을 겁니다."

"충고 감사합니다, 피디님."

"그럼 다음 촬영 때 봅시다."

이준영이 홀연히 카페를 떠났다. 이준영을 뒤따라가려다 이승훈이 다시 현우에게로 돌아왔다.

"기분 나쁘셨죠?"

"그럴 리가요."

"선배가 말은 저렇게 해도 크게 신경 쓰지 마세요. 원래 저런 사람이니까요. 그리고 오늘 지유 씨는 느낌이 좋았습니다. 스탭들 웃는 거 봤죠? 참 특이하고 매력적인 캐릭터를 잡으셨는데요? 차가워 보이면서도 차분한 것 같고 또 그러면서도 거침이 없었어요. 포커페이스도 그렇고⋯ 아무튼 인상적이었어요."

"하하. 좋게 말해주시니 감사합니다. 그런데 이게 지유 원래 성격입니다."

"그, 그래요? 그럼 앞으로 녹화 때 더 편하겠네요."

이승훈이 당황스러움에 볼을 붉적이다 멀어지는 이준영을 따라 카페를 빠져나갔다.

"이 작가님, 고맙습니다. 앞으로도 우리 지유 잘 부탁드리겠습니다."

"걱정 마시고 이 담당 작가를 믿어보세요. 그리고 촬영 시간이랑 장소는 바로 문자로 찍어드릴게요. 지유 씨도 조심히 가요."

이진이가 제작진들 사이로 사라졌다.

*   *   *

이튿날, 무모한 형제들의 스튜디오 촬영이 잡혔다. 방송국에 도착한 현우와 송지유 일행은 마중을 나와 있던 이진이를 따라서 대기실이 아닌 스튜디오로 들어섰다. 스튜디오 안은 촬영 준비를 하고 있는 제작진들과 여러 대의 카메라들로 분주했다.

"오빠 말대로 일찍 오기를 잘한 거 같아요."

송지유가 스튜디오를 둘러보며 조그맣게 말했다. 예정된 촬영 시간보다 1시간 정도 빨리 도착했기에 출연자들은 한 명도 보이지 않았다. 이러한 현우의 배려 덕분에 송지유는 긴장을 누그러뜨릴 수 있었다.

현우는 송지유를 데리고 스튜디오를 돌아다니며 제작진들을 찾아 일일이 인사를 시키고 얼굴을 익히게 했다.

TV에 나오는 사람은 연예인들이었지만 그 프로그램이 성공하기 위해서는 현장에서 일을 하는 제작진이 가장 중요하다.

유명 영화배우나 예능인들이 시상식에서 스탭들과 제작진의 노고를 언급하는 것에는 이처럼 다 이유가 있었다.

"어?!"

현우와 송지유를 따라 인사를 하고 다니던 김은정이 갑자기 손가락으로 누군가를 가리켰다.

"안녕하세요? 현우 씨랑 지유 씨. 그리고 은정 씨 맞죠? 인터뷰 영상 찍은 거 잘 봤어요. 재미있던데요? 하하."

마치 어제 본 사람처럼 친근하게 말을 걸어온 인물은 장지석이었다. 무모한 형제들의 메인 MC이자 대한민국 사람이라면 모를 수가 없는 인물이 바로 장지석이었다.

강심장인 현우도 장지석을 실제로 보게 되니 괜스레 심장이 두근거렸다. 장지석은 연예계에서도 거물 중의 거물이었다.

"어울림의 김현우입니다. 만나 뵙게 되어 영광입니다."

"송지유입니다. 잘 부탁드립니다, 선배님."

"하하. 아까 전부터 몰래 지켜봤는데 두 분 모두 인사성도 밝으시고 인상도 좋으시네요. 덕분에 마음이 놓입니다. 참. 오늘 지유 씨 스튜디오 촬영은 처음이죠?"

"네. 처음이에요."

송지유의 어깨가 움츠러들었다. 엊그제 있었던 인터뷰 촬영이 전초전이었다면 스튜디오 촬영이야말로 본게임이었다. 무모한 형제들의 여섯 멤버들뿐만 아니라 트로트 계의 거장들이 대거 출연을 한다.

그나마 현우가 있어서 내색은 안 하고 있었지만 송지유는 청심환까지 복용한 상태였다.

"하하. 걱정할 필요 없어요. 인터뷰 영상 보니까 능숙하게 잘하던데요? 처음 보는 캐릭터라 시청자분들도 좋아할 겁니다. 그러니까 하고 싶은 건 다 해봐요. 내가 커버해 주면 되지, 뭐."

"감사합니다."

송지유가 빙긋 웃었다. 송지유의 어깨를 다독여 준 장지석은 김은정이 건네는 종이에 사인까지 해주었다.

"분장하고 와야겠네. 그리고 현우 씨, 우리 훈민이 챙겨줘서 고마워요."

현우의 어깨까지 몇 번 두드려 준 다음 장지석이 분장실로 향했다.

"와아. 진짜 좋으시다. 저 사인 다섯 장 받았어요."

김은정이 장지석에게 감탄을 했다. 현우도 마찬가지였다. 특히 마지막 말은 인상적이었다.

'정훈민을 챙겨줘서 고맙다고?'

앞뒤를 다 자른 말이었지만 현우는 그 의미를 알 것 같았다.

여름 가요제에서 꼴등을 하기는 했지만 정훈민은 제법 시청자들의 주목을 받았다. 그랬기 때문에 장지석은 이번 특집에서 아끼는 후배이자 절친한 동생인 정훈민의 활약을 기대하고 있는 것 같았다.

'그렇다는 건 우리 지유를 긍정적으로 봤다는 말인데. 아니, 어쩌면 나랑 비슷한 생각을 하고 있을 수도 있어. 역시 보통은 아니야.'

현우는 장지석에게 순수하게 감탄을 했다. 그사이 김은정이 또 손가락으로 누군가를 가리켰다.

바로 정훈민이었다. 그리고 정훈민은 무언가 할 말이 있어 보였다.

"어울림의 김현우입니다."

"송지유입니다. 선배님."

현우와 송지유가 먼저 인사를 건넸다. 정훈민은 목을 만지 작거리며 어색한 얼굴을 했다. 실제로 정훈민은 내성적인 성 격 탓에 처음 보는 사람에게는 낯을 가리는 편이었다.

"음. 정훈민입니다. 지석이 형이 가보라고 해서요. 반갑습니 다. 잘 부탁할게요."

"하하. 저희야말로 잘 부탁드려야죠."

말을 하면서도 현우는 머리를 굴리느라 바빴다.

'장지석이 직접 가보라고 했다고? 장지석도 지유랑 정훈민이 잘 어울릴 거라고 생각하고 있었어.'

현우는 확신했다. 무모한 형제들의 회 차가 거듭해 오면서 다른 멤버들의 캐릭터는 굳건하게 잡혀 있었다. 그런데 아직 까지 정훈민의 캐릭터는 모호했다. 장지석은 이번 트로트 특 집에서 정훈민의 포지션을 확실히 잡아줄 생각인 것 같았 다.

'녹화가 들어가면 장지석이 지유랑 정훈민의 분량을 챙겨줄 거야. 하아. 근데 지유가 잘해야 할 텐데.'

지금의 정훈민은 믿을 수가 없었다.

"그… 오늘 아침 녹화 때 지유 씨 인터뷰 영상을 봤는데요. 저랑 파트너를 하고 싶다고 하던데 진짜입니까?"

"네. 진짜예요. 선배님 팬이거든요."

송지유가 대답하자 정훈민이 어색한 표정을 하며 별다른 말을 하지 못했다. 그러다 정훈민이 겨우 입을 떼었다.

"음… 예쁘시네요. 참."

또 대화가 끊겼다.

'자신감이 없어. 그러니까 녹화만 들어가면 다른 멤버들한테 밀릴 수밖에.'

현우의 냉정한 평가였다. 촬영이 시작되지도 않았는데 정훈민은 벌써 주눅이 들어 있었다.

침묵이 감돌았다. 정훈민의 표정을 보니 여전히 할 말이 남아 있는 것 같았다.

"하실 말씀이라도 있으십니까?"

결국 현우가 먼저 물어야 했다. 잠시 망설이다 정훈민이 말을 꺼내기 시작했다.

"신인 가수라고 들었는데… 저랑 파트너하면 편집 많이 당할 겁니다. 지유 씨 캐릭터도 재미있어 보이던데 차라리 민수 형이나 남철이가 파트너로 적합할 거예요. 저는… 제 분량 챙기기도 힘들어서 말입니다."

스스로를 비하하는 자조 섞인 말이었다.

"저는 그렇게 생각하지 않는데요?"

"예?"

"훈민 씨는 스스로를 너무 과소평가하고 계시는 것 같습니다. 지유가 신인이고 저 역시 작은 기획사의 매니저이긴 합니다만 저희들도 시청자 중의 한 명입니다. 지난 번 여름에 있었던 가요제에서 훈민 씨가 가장 돋보였다고 생각하거든요."

"맞아요. 저도 재미있게 봤어요."

송지유도 말을 보탰다. 현우가 다시 말을 이어갔다.

"장지석 씨도 이번 특집 프로젝트에서 훈민 씨에게 기대를 많이 걸고 계시는 것 같더군요. 저 역시 장지석 씨랑 같은 생각입니다. 우리 지유랑 훈민 씨가 잘 어울릴 것 같아요. 건방지게 들릴 수도 있겠지만 솔직한 제 생각입니다."

"……"

정훈민이 깊은 생각에 잠겼다.

"우리 지유에게는 이번 특집이 인생에 다시는 오지 않을 기회가 될 수도 있어요. 저 역시 마찬가지입니다. 그리고 훈민 씨도 마찬가지일 겁니다. 제가 주제넘었다면 사과드리겠습니다. 하지만 저랑 지유는 절박합니다. 훈민 씨는요? 이번 특집이 마지막 기회라고 생각 들지 않습니까?"

현우는 진심이었다. 장지석이나 김민수, 오남철, 나동운 같은 주요 멤버들은 분명 조윤지나 주란미 같은 메인 게스트들의 차지가 될 것이다.

현우의 판단에 송지유의 파트너로는 정훈민이 제격이었다.

그런데 파트너가 될 가능성이 높은 정훈민이 이토록 기가 죽어 있으리라고는 미처 생각지 못했다.

"훈민 씨."

"알겠습니다. 매니저님이 저보다 어리신 것 같은데 생각은 훨씬 깊으시네요. 제가 너무 안일하게 생각했던 것 같습니다. 한번 최선을 다해보겠습니다."

주눅이 들어 있던 정훈민이 새롭게 각오를 다지고 있었다.

'다행이다.'

현우는 속으로 깊은 한숨을 삼켰다.

9장

기회는 스스로 잡아야하는 것 II

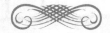

녹화 시간까지 대략 20분 정도가 남았다. 현우는 송지유를 이끌고 무모한 형제들의 멤버들에게 인사를 시켰다.

트로트계의 대선배들에게도 마찬가지였다. 대기실을 돌아다니며 송지유를 소개했다.

성대식이나 하준호, 김철은 어린 나이에 트로트에 뛰어든 송지유를 귀여워만 할 뿐 별다른 신경을 쓰지는 않았다.

"후우. 내가 다 떨리는데?"

현우가 곁에 서 있는 송지유를 보며 일부러 웃음을 보였다. 대기실의 정중앙에 새겨진 이름이 현우와 송지유를 망설이게 하고 있었다.

"그냥 들어가요. 문 앞에 서 있다가 누가 나오기라도 하면 어떻게 해요?"

김은정이 작은 목소리로 속삭였다. 결국 현우가 두 눈을 질끈 감고 문을 열었다.

"누구세요? 아! 송지유 씨 매니저시죠?"

여자 작가 한 명이 현우와 송지유를 알아봤다. 코디들과 매니저들 사이로 곱게 나이가 든 중년 여성이 보였다.

"인사해. 지유야."

"안녕하세요. 송지유입니다. 선생님을 뵙게 되어 영광입니다. 잘 부탁드려요!"

송지유의 청아한 목소리가 대기실을 울렸다. 코디들과 매니저들이 물러서고 주란미가 자리에서 일어났다. 그런데 그 곁으로 익숙한 얼굴이 보였다.

'조윤지? 조윤지도 인사하러 온 건가?'

현우가 생각에 잠겨 있는 사이 주란미가 조윤지와 함께 송지유에게로 다가왔다.

"네가 송지유라는 아이구나. 참 예쁘네? 올해 20살이라고 했지?"

"네. 선생님."

"나 어렸을 때를 보는 것 같아. 너 노래는 잘하니?"

주란미가 물었는데 송지유는 차마 대답을 하지 못하고 있었다. 대신 현우가 얼른 나섰다.

"매니저 김현우입니다. 뵙게 되어 영광입니다. 우리 지유가 아직은 많이 부족합니다만 트로트를 누구보다 좋아하는 아이입니다. 선생님처럼 말입니다."

"그런가요? 매니저님이 그렇게 말하니까 지유한테 더 기대가 되네요?"

현우의 말에 주란미가 미소를 지었다. 그러더니 송지유의 머리를 쓰다듬었다.

"열심히 해보렴. 알았지?"

"네. 선생님."

"그래. 어머, 내 정신 좀 봐. 여기 윤지도 알고 있지? 서로 인사하렴."

이제야 조윤지가 눈에 들어왔다. 조윤지는 요즘 가장 많은 인기를 끌고 있는 트로트 가수답게 모든 것들이 화려했다.

"송지유입니다. 잘 부탁드리겠습니다, 선배님."

송지유가 꾸벅 고개를 숙였다. 조윤지가 그 찰나의 순간에 송지유를 쓱 스캔했다.

"반가워. 조윤지라고 해. 신인치고는 좋은 기회를 잡았네. 열심히 해봐."

"감사합니다. 선배님. 열심히 해볼게요."

현우도 간단하게 조윤지와 인사를 나누고 대기실을 나왔다.

주란미가 송지유에게 보여준 태도는 대중들에게 존경을 받는 전설적인 가수다웠다.

후배를 예뻐하고 응원하는 모습이 현우가 보기에도 좋았다. 그런데 조윤지는 미묘하게 조금 달랐다.

'지유를 경계하고 있었어. 뭐 그럴 수밖에. 지유가 훨씬 어리고 예쁘니까.'

현우는 신경을 쓰지 않기로 했다. 곧 녹화가 시작된다. 이제 모든 신경은 녹화에 쏟아야 했다.

*   *   *

드디어 녹화가 시작되려 하고 있었다. 이진이의 말에 의하면 게스트들의 개인 인터뷰 영상은 모두 편집까지 마친 상태였다.

그리고 그 인터뷰 영상을 무모한 형제들의 멤버들이 보게 되는 장면까지 녹화가 완료되어 있었다. 그렇다는 것은 파트너를 정하는 이번 스튜디오 녹화가 정말로 중요한 대목이라는 말이었다.

"녹화 들어갑니다! 스탠바이 3분 전!"

FD의 우렁찬 외침이 대기실 모니터를 통해 울렸다. 스탭들이 분주하게 뛰어다니며 조명과 세트 등을 최종적으로 확인했다. 어느새 대기실로 들어온 여자 스탭 한 명이 송지유의 허리 뒤춤에다가 오디오까지 채웠다.

"오빠. 나 어때요?"

"미칠 듯이 예뻐."

현우가 엄지를 들어 보였다. 김은정의 손길 아래 한껏 꾸며진 송지유는 현우가 봐도 아름다웠다.

특히나 오늘 콘셉트는 시크였는데 발목까지 내려오는 연분홍색 원피스와 검정색 가죽 재킷이 너무나도 잘 어울렸다.

마무리는 하얀색 운동화였는데 여대생다운 풋풋함이 느껴졌다.

"오빠, 뭐라고 말 안 해줄 거예요?"

송지유가 불안한 얼굴로 현우를 재촉했다. 현우가 씩 웃으며 송지유의 두 눈을 똑바로 주시했다.

"멤버들을 대할 때 평소에 나한테 하듯이 하면 될 거야. 특히 정훈민이 정신을 차리지 못하도록 네가 리드를 해야 해. 알았어? 이게 제일 중요한 거야."

"그러면 아예 사기꾼이라고 부를까요??"

"그냥 돼지는 어때? 돼지 오빠! 돼지 아저씨! 등등!"

김은정도 의견을 내놓았다. 긴장 탓인지 아무 말 대잔치가 벌어지고 있었다.

"하하. 방금 거 다 괜찮았어. 아무튼 지유 네가 리드만 해 줘. 알았지?"

"네. 알았어요."

송지유가 크게 심호흡을 했다. 어느새 대기실로 나타난 여자 스텝이 송지유를 데리고 밖으로 나갔다. 그러다 송지유가 다시 대기실로 돌아왔다.

"오빠는 저 믿어요?"

긴장감 대신 진지함이 송지유를 휘감고 있었다. 현우는 반사적으로 고개를 끄덕거렸다.

"난 너 믿는다. 지유야."

송지유가 빙긋 웃었다.

"저번 인터뷰 때 보여주지 못했던 것들 다 보여주고 올게요."

이 말을 남기고는 송지유가 뒷모습만을 남긴 채 사라졌다.

"으으. 지유가 잘하겠죠?"

"당연하지."

현우와 김은정도 대기실 의자에 앉아 모니터로 시선을 고정했다.

무모한 형제들의 멤버들이 구호를 외치며 본격적인 녹화가 시작되었다.

멤버들의 근황과 특집 프로젝트에 대한 멤버들의 의견이 치열하게 오고갔다. 모니터를 살펴보고 있던 현우의 입꼬리가 서서히 위로 올라갔다.

정훈민이 평소와는 다르게 흥분까지 하며 토크를 주도적으로 이끌고 있었다.

[트로트 소녀는 내 거야! 다들 알았어?! 손대면 진짜 손모가지 날아간다?!]

정훈민의 멘트에 스튜디오 여기저기서 웃음이 터져 나왔다. 그렇게 정훈민이 토크를 이끌어갔고 장지석의 진행 아래 게스트들의 소개가 시작되며 한 명씩 스튜디오로 모습을 드러내었다.

메인 게스트나 다름없는 조윤지와 주란미가 등장하자 무모한 형제들의 멤버들이 흥분을 하며 난리를 쳤다.

"이제 지유 차례네요? 전 떨려서 못 보겠어요."

김은정의 말이 끝나기가 무섭게 송지유가 스튜디오 안으로 걸어 들어왔다.

멤버들의 환호성이 쏟아졌다. 특히 정훈민이 압권이었다. 송지유의 주변을 미친 듯이 뛰어다니고 있었다. 결국 다른 멤버들이 정훈민이 송지유에게 다가가지 못하도록 강제로 포박까지 해야 했다.

'정훈민이 최선을 다해줬으니까 이제 나머지는 지유가 스스로 해내야 해.'

심장이 두근거렸다.

'믿는다. 송지유.'

현우의 불안한 시선이 모니터에서 떨어질 줄을 몰랐다.

장지석이 게스트를 소개했다. 트로트계의 쟁쟁한 가수들답게 온갖 수식어가 붙었다. 그리고 마지막으로 송지유의 차례가 다가왔다.

'이건 장지석이 살려줘야 해.'

현우는 긴장한 얼굴로 모니터 속 장지석과 송지유를 번갈아 살폈다.

송지유는 신인인 동시에 깜짝 발탁이 된 경우라 그다지 소개할 것이 없었다. 하지만 장지석은 장지석이었다. 멤버들과 함께 축제 동영상을 봤다며 호들갑을 떨어 송지유를 부각시켰다.

장지석의 멘트 하나로 순식간에 송지유의 가치가 올라간 것이다.

[그 중국 노래 좀 불러줘. 등소평 노래 맞지? 응?]

정훈민이 간절한 얼굴로 송지유에게 떼를 썼다.

[등소평이 아니고 등려군이에요, 정훈민 아저씨.]

멤버들이 무식하다며 정훈민을 놀려댔다. 정훈민이 억울한 얼굴로 송지유를 쏘아보았다.

[나는 왜 선배님이 아니고 아저씨야?]
[아저씨 같아서요.]
[야! 나 이제 겨우 28살이야. 창창하다고.]
[네. 죄송해요.]

영혼 없이 무표정으로 대답하는 송지유를 보며 멤버들이 배꼽을 잡았다.

[뭐야? 이거 둘이 괜찮은데?]

장지석이 멘트를 더 보탰다. 송지유가 못 들은 척을 하자 정훈민이 제자리에서 방방 뛰며 답답함을 호소했다.

"됐어!"

현우가 주먹을 쥐며 씩 웃었다. 첫 오프닝에서 확실하게 캐릭터를 잡았다. 그리고 무엇보다 송지유와 정훈민이 엮이기 시작했다.

"끊고 가겠습니다!"

FD의 외침에 현우와 김은정이 동시에 일어나 대기실 밖으로 나갔다.

스튜디오로 도착하니 이미 다른 매니저들과 코디들이 소속 연예인들에게 달라붙어 있었다. 현우와 김은정도 송지유를 찾기 시작했다.

"지유야!"

"여기 있어요."

기운 빠진 목소리에 고개를 돌리니 핼쑥해진 송지유가 보였다. 곁에는 이진이도 함께였다.

김은정이 얼른 송지유의 팔짱을 껴주었다. 송지유가 핼쑥한 얼굴로 현우를 보고 있었다.

"…어땠어요?"

"수고했다."

"잘한 거 맞아요?"

"잘했어. 정말 잘했어."

현우의 밝은 표정을 확인한 송지유가 안도의 한숨을 내쉬었다. 현우는 그런 송지유가 대견했다.

주변을 둘러봐도 소속 연예인들에게 달라붙은 매니저들과 코디들이 수십 명이었다.

예능 전쟁터. 이 치열한 전쟁터에서 꿋꿋하게 제 몫을 한 송지유가 대견했다. 이진이도 현우만큼이나 밝은 표정을 하고 있었다.

"현우 씨. 지유 씨, 예능은 처음 아니었어요? 전혀 떨지 않던데요?"

"다 작가님 덕분이죠."

"진심 아닌 거 알거든요? 오프닝 들어가기 전에 훈민 오빠한테 현우 씨 이야기 들었어요."

"그래요?"

현우는 별다른 대답 없이 그냥 웃기만 했다.

"지유 씨, 피곤해 보이는데 대기실로 갈래요?"

"아니에요, 작가님. 여기… 그냥 앉아 있을래요."

김은정이 무대 끄트머리로 담요를 깔고 송지유를 앉혔다.

"청심환 하나 더 먹을래?"

"응."

송지유가 고개를 끄덕였다. 김은정이 생수병과 청심환을 꺼내는 사이 정훈민이 다가왔다. 부담감으로 주눅이 들어 있던 정훈민이 가벼운 얼굴을 하고 있었다. 현우가 밝은 표정으로 그를 반겼다.

"수고하셨습니다. 우리 지유 잘 이끌어주시던데요?"

"후우. 아닙니다. 아니에요. 매니저님 이야기 듣고 정신이 번쩍 들었어요. 끝나고 소주 한잔 사겠습니다. 한잔 같이해요."

"사주시는 겁니까?"

"당연하죠."

"하하. 감사합니다."

현우와 정훈민이 대화를 나누는 사이, 짧았던 휴식 시간이 끝나가고 있었다. 제작진들과 스탭들이 하나둘 스튜디오로 돌아왔다.

이제 다시 송지유를 스튜디오에 두고 대기실로 돌아가야 했다.

"지유야, 잘해왔어. 그러니까 이번에도 잘할 수 있을 거야."

"걱정 말아요."

청심환의 약효가 올라오는지 송지유가 멍한 얼굴을 하고 있었다. 그런 송지유를 두고 현우는 김은정과 함께 무거운 발걸음을 떼었다.

송지유는 무대 세트에 앉아 여전히 멍을 때렸다.

녹화가 재개되었다. 이번 녹화는 파트너가 정해지는 가장 중요한 대목이기도 했다.

무모한 형제들의 멤버들은 게스트들에게 잘 보이기 위해 안간힘을 썼다. 개인기를 보여주기도 했고 가끔씩 억지를 부리고 떼를 쓰기도 했다.

텐션이 오른 정훈민이 역시나 또 한 건을 했다. 고래고래 되도 않는 실력으로 트로트를 부르며 송지유의 곁을 맴돌았다. 그런데도 송지유는 무표정으로 일관할 뿐 별다른 관심을 주지 않았다. 결국 정훈민이 소리를 버럭 질렀다.

[내가 더 이상 너한테 어떻게 해야 하냐? 뭘 더 어떻게 해줄까? 너도 나랑 파트너 하고 싶다며? 뭐 하늘의 별이라도 따다줘?]

[아저씨, 창피해요. 그만해요.]

[내가 다 너 때문에 이러는 거잖아? 모르겠니?!]

멤버들은 물론이요, 제작진들과 스탭들도 웃었다. 진짜로 창피했는지 송지유는 애써 외면을 하고 한숨을 쉬었다.

"오빠! 지유 쟤 한숨 쉬는 거 보세요. 진짜 웃겨요."

마냥 즐거운 김은정과 달리 현우는 초조했다. 무모한 형제들의 멤버들이야 서로 헐뜯고 막말을 주고받아야 웃음 포인트가 된다.

하지만 송지유는 신인이자 가수였다.

지금 송지유는 본모습을 고스란히 보여주고 있었다. 자칫 잘못하다간 건방지다고 비난을 받을 수도 있었다. 다행히 지금까지는 선을 잘 지키고 있었다.

현우가 조마조마해하는 사이 정훈민이 파트너로 송지유를 선택했다가 바로 까였다.

다른 멤버들이 득달같이 송지유를 파트너로 얻기 위해 달려들었지만 또 송지유는 그들마저 거절해 버렸다.

　결국 정훈민은 조윤지나 다른 게스트들에게 구애를 펼쳤다. 하지만 다른 멤버들에게 밀려 연이어 거절을 당하고 말았다.

　녹화 시간이 1시간이나 지났다.

　남은 멤버는 장지석을 제외하곤 가장 핫한 멤버인 김민수와 정훈민 둘뿐이었다. 게스트도 성대식과 송지유 둘만 남은 상황. 결국 김민수와 정훈민이 동시에 송지유에게 꽃을 내밀었다.

　'김민수. 나쁘지 않은 선택이 될 수도 있어.'

　상황이 이렇게까지 오자 현우도 갈등이 되었다. 정훈민이 훗날 아이돌 마스터로서 큰 인기를 끌기는 하지만 아직은 시기상조였다.

　김민수는 지금이나 그때나 최고의 전성기를 구가한다. 음악에 대한 관심도 커 솔로 앨범도 낸 김민수였다.

　모니터 속 송지유가 정훈민이 내미는 꽃을 받을까 말까 살포시 손을 내밀고 있었다.

[아저씨. 저한테 잘할 거죠?]
[다, 당연하지! 뽑아만 줘! 대식이 형님 무섭다고 나는!]

　정훈민이 울상을 했다. 예능을 떠나 정말로 간절해 보였다.

이미 사전에 큰 틀을 잡아놓기는 했지만 어쨌든 리얼리티 예능이었다. 송지유가 김민수를 선택하면 또 그대로 특집 프로젝트의 방향이 흘러갈 것이다.

[아저씨, 여기저기 구애하고 다니느라 고생했어요.]

송지유가 처음으로 미소를 지으며 꽃을 받아 들었다. 김민수가 꽃을 바닥에 내팽개치고 스튜디오를 나가 버렸다.

[거봐! 트로트 소녀는 내 거라고 했지?!]

정훈민이 승리의 포효를 질렀다. 송지유가 손수건으로 정훈민의 얼굴로 흘러내리는 땀을 닦아주었다.

[크윽! 소녀를 얻은 보람이 있네! 저 형님!]

오남철이 뒤늦게 부러워서 어쩔 줄을 몰라 했다.
그렇게 파트너 선정이 마무리되고 장지석이 다음 미션들을 열거하며 마무리 멘트까지 쭉 이어졌다.
무모한 형제들 '도전 트로트 가수!' 편의 1회 녹화가 비로소 끝이 난 것이었다.

스튜디오로 가 보니 무모한 형제들의 멤버들과 게스트들이 서로 담소를 나누며 첫 녹화를 자축하고 있었다.

"오빠!"

송지유가 밝은 얼굴로 다다다 현우에게 달려들었다.

"이제 다 끝난 거죠?"

"일단 오늘 촬영은?"

"하아. 몰라요. 걱정돼요."

청심환 때문인지 아니면 첫 촬영을 무사히 마쳤다는 생각 때문인지 송지유가 평소에 하지도 않던 어리광을 부렸다.

"오늘 잘했으니까 다음 촬영 때도 잘할 거다."

현우가 쓰게 웃으며 송지유의 머리를 쓰다듬어 주었다.

"하하. 끼어들어서 미안해요."

장지석이었다. 곁에는 정훈민은 물론이고 다른 멤버들도 함께였다. 멤버들이 신인 같지 않다며 송지유를 칭찬했다.

"아닙니다. 오늘 촬영 때 여러모로 신경 써주셔서 감사합니다."

현우가 장지석과 멤버들을 향해 정중하게 고개를 숙였다.

장지석이 손사래를 쳤다.

"에이, 제가 뭘요. 다 지유 씨가 잘해서 그런 걸요?"

"오늘… 지유 괜찮았습니까?"

"하하. 그럼요. 너무너무 잘했어요."

"괜찮았지. 근데 너 아까 나 왜 깠어?"

함박웃음을 짓고 있는 장지석과 달리 김민수가 송지유를 채근했다.

"죄송합니다, 선배님."

물론 농담인지라 송지유도 웃기만 했다. 인사를 남긴 채 장지석과 멤버들이 사라지고, 정훈민이 계속해서 현우의 곁에 남아 있었다.

"매니저님, 저랑 소주 한잔할 거죠?"

"내일 스케줄 없으십니까?"

"오후에 잡혔으니까 괜찮아요."

"그럼 저희야 영광이죠. 저희 회사 근처 삼겹살 가게에서 한잔하시죠. 나름 맛집이거든요."

"그럼 갑시다. 너도 갈 거지?"

긴 촬영 시간 탓에 정훈민은 송지유에게 말을 놓은 상태였다.

"어떻게 해요?"

송지유가 현우를 쳐다보았다.

"당연히 같이 가야지. 은정이랑 작가님도 함께 갑시다."

"그럼 제가 다 쏘겠습니다!"

정훈민이 호기롭게 소리쳤다.

"호호. 그래요. 마침 자료 조사랑 인터뷰도 해야 해서 미리

탐방 가는 셈 칠게요."

*   *   *

회식은 어울림이 위치한 연남동의 단골 삼겹살 가게에서 이루어졌다.

다음 날 회의와 편집이 잡혀 있었기에 이진이는 술을 삼갔다. 송지유와 김은정도 아침부터 수업이 있었다. 자연스레 소주잔은 현우와 정훈민 사이를 오고갔다.

"매니저님한테 고맙다는 말 또 하고 싶네요. 요즘 슬럼프였거든요. 촬영 날짜만 다가오면 식은땀도 나고 밤에 잠도 못 자고 그랬어요. 그런데 오늘은 오래간만에 마음 놓고 촬영해 본 것 같아요. 매니저님 덕분입니다."

"제가 뭐 한 게 있습니까? 저도 절박한 상황이라 어떻게 보면 말을 좀 지나치게 한 거죠."

"아니에요. 매니저님의 따끔한 충고에 나름 초심을 찾았습니다. 지석이 형도 아니고 매니저님한테 한 소리 듣고 정신 차릴 줄은 몰랐어요. 하하."

"좋게 생각해 주시면 저도 고맙죠."

"지유가 부럽네요."

"네?"

뜬금없는 소리에 현우가 물었다. 정훈민이 소주를 입으로 털어 넣곤 다시 말을 이어갔다.

"개그맨부터 시작해서 나름 연예계에 뛰어든 지도 한 6년 됐나? 어디 팀장이니 실장이니 많이 만나봤지만 능력 있는 매니저 만나기가 쉬운 건 아니에요. 지석이 형 있죠? 그 형 매니저는 개그맨 안 하겠다고 군대로 도망을 간 사람을 2년을 기다렸어요. 전역하자마자 바로 방송하러 끌고 갔다고 하더군요. 아무튼 지유 저 아이는 잘될 겁니다. 매니저님이 있으니까요."

"너무 과찬이십니다. 작은 기획사의 일개 매니저일 뿐인데요. 아직 갈 길이 멀어요."

"연예계 짬밥을 무시하지 말아요. 내가 내 앞가림은 못 해도 보는 눈은 있거든요."

정훈민이 씁쓸해했다. 현우가 비워진 잔을 채워주며 입을 열었다.

"절 그렇게 좋게 봐주시니 저도 한 말씀 드리죠. 훈민 씨도 잘될 겁니다. 이번 특집 프로젝트를 통해서요. 그러려면 여기 있는 모든 사람들이 힘을 보태야 합니다. 알고 계시죠? 지유 너도 알고 있지?"

"알고 있어요."

"하하! 또 이렇게 동기부여를 하시는군요? 정말 타고난 매니저야. 음. 다음 촬영 때는 우리 말 놓읍시다. 내가 28살이고 현우 씨가 26살이니 형, 동생 해요. 어때요?"

"저야 인기 연예인 형님 두면 더없이 좋죠. 그렇게 하겠습니다."

의기투합한 두 사람 때문에 술자리는 한 시간이나 더 이어졌다.

주로 정훈민이 현우에게 이런저런 푸념을 늘어놓는 것뿐이었지만 말이다.

회식 아닌 회식 자리가 파하고 매니저도 없이 온 정훈민이 택시를 타고 집으로 돌아갔다.

"작가님도 조심히 가세요."

"오늘 수고했어요. 훈민 오빠가 속마음까지 털어놓을 줄은 몰랐어요. 매니저님 덕분에 훈민 오빠도 안정을 찾은 것 같고… 앞으로 촬영이 재밌어질 것 같네요. 그리고 내일 모레 첫 방 나가니까 모니터링 잊지 마세요. 연락드릴게요."

이진이도 택시를 타고 사라졌다. 송지유와 김은정도 택시를 태워 기숙사로 돌려보낸 후 현우는 습관적으로 불 꺼진 사무실로 돌아왔다.

책상에 앉으니 마음이 편해졌다.

"드디어 첫 방송이구나."

토요일 6시. 무모한 형제들이 방송된다. 이 첫 방송에 현우의 모든 것들이 달려 있다고 해도 과언이 아니었다.

3층 사무실 벽에 걸려 있는 시계가 정확히 5시 50분을 가리키고 있었다.

무모한 형제들이 방송되기까지 10분 정도가 남은 상황. 사무실에 현우는 물론이고 송지유와 김은정, 추향과 김정호, 오승석이 모두 모여 낡은 TV를 바라보고 있었다.

사무실 분위기는 그야말로 폭풍전야였다. 다들 핸드폰이나 노트북들을 앞에 두고 있었는데 아직까지 무모한 형제들과 관련하여 올라온 기사는 하나도 없었다.

"은정아, 너는 여성 커뮤니티 중심으로 확인을 해줘."

"네! 오빠! 걱정 마세요! 저 다섯 군데나 정회원이거든요? 이미 다 준비해 놨어요!"

김은정을 보며 현우가 픽 웃었다. 여러모로 쓸모가 많은 친구였다.

"지유야."

"……."

송지유는 멍한 얼굴을 하고 있었다. 긴장을 할 때마다 나오는 송지유 특유의 버릇이었다.

송지유는 기숙사에서 가지고 온 노트북 화면만을 뚫어져라 쳐다보고 있었다.

"지유야."

"네……?"

뒤늦게 송지유가 대답을 해왔다.

"긴장할 것 없어. 우리는 최선을 다했으니까 결과도 나쁘지 않을 거야."

"그래, 지유야. 부담가질 것 없단다."

추향이 곁으로 와 손을 꼭 잡아주며 흔들리고 있는 송지유의 중심을 잡아주었다.

그사이 광고가 끝이 났다. 심각한 얼굴을 하고 있던 오승석이 현우의 어깨를 잡았다.

"시작한다. 현우야."

마침내 무모한 형제들 '도전 트로트 가수!' 편의 첫 방송이 시작되었다.

'역시나.'

현우의 예상대로 초반부터 방송은 조윤지와 주란미를 중심으로 흘러갔다. 인터뷰 영상도 가장 길었고, 그 둘에 대한 소개 부분도 가장 신경을 쓴 티가 확연하게 보였다.

"나, 나온다! 지유 나와요!"

김은정의 호들갑과 함께 송지유가 처음으로 화면에 나왔다. 송지유가 처음으로 등장한 장면은 무모한 형제들의 멤버들이 카페에서 축제 동영상을 시청하는 장면이었다.

멤버들이 예쁘다, 누구냐를 연발하며 과하게 난리를 쳤다. 그리고 멤버들이 노트북으로 보고 있는 축제 동영상과 별개로 따로 편집된 축제 동영상이 화면으로 흘러나왔다. 송지유에 대한 간략한 소개가 자막으로 깔리며 등려군의 월량대표 아적심이 흘러나왔다.

그러다 문득 현우는 이상한 점을 느꼈다. 멤버들이 모여 있는 카페가 왠지 모르게 익숙했다.

"지유야. 설마 저기 그 카페 아냐?"

"맞는 것 같아요."

"이런 건 미리 이야기를 해줬어야지!"

당황한 현우가 자기도 모르게 큰 소리를 냈다. 저 카페는 분명 송지유가 인터뷰 영상을 찍었던 카페였다. 그 카페 2층에서 무모한 형제들의 멤버들이 모니터로 송지유를 보고 있었던 것이다.

장지석이 카페 사장으로 분장을 하고 인터뷰 영상을 준비하고 있는 송지유에게 주문을 받았다. 그러고는 몇 번이나 주문을 잊었다며 송지유를 찾았고, 결국 주문하지도 않은 아이스 초코를 내려놓고 연신 사과를 했다.

다행히 송지유가 괜찮다며 오히려 분장을 한 장지석을 달랬다. 그 다음부터가 더 압권이었다.

술에 취한 중년 남성으로 변장한 김민수가 카페로 들어오더니 옆자리에 앉아 계속해서 송지유에게 말을 걸며 촬영을 방해했다.

송지유는 개의치 않았다. 그러다 결국 김민수가 커피를 쏟았다. 송지유뿐만 아니라 현우와 김은정도 화면에 나왔고, 세 사람이 스탭들과 함께 쏟아진 커피를 수습했다.

결국 김민수가 미안하다 사과를 하며 카페 2층으로 올라왔다. 무모한 형제들의 멤버들이 외모 합격, 인성 합격을 외치며 박수를 쳤다.

"와, 저게 다 짜고 했던 거였어요? 저때 진짜 놀랐었는데. 소름 돋아 진짜……."

"……."

김은정이 양팔을 쓰다듬었다. 송지유도 고운 눈썹을 찌푸리고 있었다.

'난생 처음 예능에 출연한 아이를 가지고 몰래카메라를 찍었다고?!'

현우는 등골로 식은땀이 흘러내리는 것 같았다. 전혀 예상하지 못했다.

만약 송지유가 조금이라도 좋지 않은 모습을 보였다면? 생각만 해도 아찔했다. 송지유가 나오는 장면이 지나가자 현우는 다급히 노트북으로 무모한 형제들 갤러리를 살폈다.

12312 쟤 뭐임? 갑자기 왜 무형에 나오는 거임? 누군지 아는 사람?

12323 더럽게 예쁘기는 한데 진짜 트로트 가수인지 못 믿겠음. 뻔하지. 저러다 사실 어디어디 걸 그룹 멤버라고 홍보나 겁나게 하겠지.

12331 비주얼은 끝내주네. 근데 노래는 못할 것 같음. 피디가 얼굴 마담으로 뽑은 듯.

12335 세상 살기 좋네. 그냥 예쁘게 생기면 무형에 출연할 수 있음. ㅋㅋ

12338 ㅈㄴ 예뻐. 여신 그 자체다. 홍인대학교 다닌다며? 송지유 아는 사람 있냐?

12344 나 송지유랑 같은 학교인데 우리 학교에서 겁나 유명함. 축제 때도 노래 불렀는데 노래도 잘했어. 축제 때 왔던 핑크플라워보다 훨씬 나았음. 내가 보증함. 그러니 적당히 까.

ㄴ인성은 어떤데? 성격 좋음? 저렇게 생긴 애들 보통 싸가지 없지 않나?

ㄴ아니, 학교 되게 조용히 다녀. 생긴 건 완전 차갑고 싸가지 없을 거 같은데 같은 과 애들 말로는 착하대. 근데 웃긴 게 수업 끝나면 매일 회사 매니저가 봉고차 끌고 데리러 옴. ㅎㅎ

ㄴ ㅋㅋㅋㅋ 벤도 아니고 봉고차래 ㅋㅋㅋ

ㄴㅋㅋㅋㅋㅋㅋㅋㅋㅋㅋㅋㅋㅋ 봉고차

ㄴ진짜 어디서 저런 불쌍한 애를 데리고 왔냐? 얼굴값 좀 해라
ㅋㅋ

"너도 보고 있었어? 넌 볼 필요 없어."

송지유가 현우 옆에서 노트북 화면을 들여다보고 있었다.
현우는 송지유의 눈치를 살폈다. 보통 사람이라면 이런 글들
앞에서 멘탈이 부서진다.

"전부 외모 이야기뿐이네요."

송지유는 조금은 실망한 상태였다. 현우가 그런 송지유의
이마를 가볍게 톡 때렸다.

"나쁘지 않아. 어쨌든 너도 이제 연예인이야. 아무런 정보
도 없는 상태에서 평가할 거라곤 겉모습뿐이지. 봐봐. 그래도
너 예쁘다는 글들이 많잖아. 좋게 받아들이자. 응?"

"네. 그럴게요."

"후우. 근데 돈 벌면 봉고차부터 바꿔야겠다. 이거 봐. 거지
회사라고 다들 난리다."

현우가 이마를 부여잡았다. 홍인대학교 재학생인지 뭔지 하
는 사람이 게시판에 어울림의 봉고차 사진까지 올려놓은 상태
였다.

덕분에 게시판은 거지 기획사 소속이라며 송지유를 반쯤
동정하는 분위기가 형성되어 있었다. 물론 현우 입장에서는

얼굴이 화끈거릴 정도로 창피했다.

"승석아, 포털 기사들은 어때?

"아, 그게⋯⋯."

오승석이 말을 흐렸다. 현우가 곁으로 가서 보니 정말 가관
이었다.

—실례지만 누구세요?ㅋ

—제작진이 무리하네. 여름 가요제에서 고리 밴드 대박쳤다고
이번에도 그럴 줄 아나? 고리 밴드는 언더에서 유명이라도 했지.
송지유 얘는 검색해도 나오지도 않는데? 심지어 앨범 낸 것도 없
어. 얼굴 보고 뽑을 거면 다른 가수들은 억울하지.

—딱 봐도 미스 캐스팅인데 제작진은 모르나 봐? 무모한 형제
들 시청자 대다수가 여자들인데, 외모 지상주의 조장까지 하고.
무형도 갈 때까지 갔어. 안타깝다.

—얼굴만 예쁘면 다냐? 역겨워.

"후우."

절로 한숨이 나왔다. 그나마 무모한 형제들 갤러리가 양반
이었다. 포털 기사들에는 거의 대다수가 송지유를 조롱하거
나 욕하고 있었다.

"저도 볼래요."

"아니, 안 돼."

현우가 송지유를 가로막았다. 포털 기사들에 달린 댓글들까지 봤다간 다음 촬영에 지장이 갈 수도 있었다. 결국 현우가 송지유를 끌고 강제로 자리에 앉혔다.

다른 게스트들이 나오는 장면이 지나가고 마침내 화면이 스튜디오로 전환되었다. 1회 분의 하이라이트라고 할 수 있는 파트너 선정 시간이 시작된 것이었다.

"파트너 선정 때 지유가 비중이 컸었다며?"

오승석이 기대에 차 현우에게 물었다. 좀 전까지 송지유의 분량은 다 합쳐서 5분도 되지 않았다. 120분이라는 긴 방송 시간에 비하면 정말로 적은 분량이었다.

"편집이 있으니까 장담은 못 하겠다. 뭐 일단 스튜디오 분위기는 좋았어."

"맞아요, 승석 오빠. 지유랑 훈민 오빠 나올 때마다 빵빵 터졌었거든요?"

"그래? 그럼 편집에 달린 건가? 작가분이 알아서 잘하겠다고 말했다며?"

오승석이 현우에게 또 물었다.

"그렇긴 한데, 작가님도 무모한 형제들 팀에 합류한 지 얼마되지 않았어. 편집에 크게 관여는 못 할 거야. 큰 기대는 하지 말고 일단 보자."

이번에도 현우의 예상대로 흘러갔다. 방송 내내 송지유가 화면에 잡히는 시간은 길지 않았다.

김민수와 짝을 이루었던 조윤지의 분량이 대체적으로 많았다. 그럴 만했다. 요즘 대세답게 조윤지는 예능감도 보통이 아니었다.

시종일관 조윤지가 분위기를 이끌어가고 있었다.

시간이 흘러갈수록 사무실의 분위기가 점점 가라앉았다. 현우가 시계를 살펴보았다.

7시 35분. 무모한 형제들은 보통 7시 50분을 조금 넘어서 끝이 난다. 남은 시간은 길어봤자 15분 정도였다.

"하아."

현우가 그만 한숨을 내쉬고 말았다. 현우의 한숨에 송지유 역시 입술을 깨물었다.

"아아. 진짜 뭐예요? 지유랑 훈민 오빠 진짜 웃겼었는데! 아직 지유 차례는 나오지도 않잖아요!"

김은정이 현우와 송지유 대신 분통을 터뜨렸다.

"커뮤니티에도 지유랑 관련된 글은 하나도 없어요… 어떻게 해요? 현우 오빠?"

분통을 터뜨리던 김은정이 급기야 울먹였다. 다른 사람들도 얼굴이 어두웠다. 그나마 현우와 송지유가 평정을 유지하고 있었다.

그러다 마지막으로 송지유가 파트너 선정을 위해 중앙으로 나왔다. 40분 만에 단독 풀 샷이 잡힌 것이다.

'하아. 15분도 안 되는 시간에 지유랑 훈민이 형 파트를 끝내겠다고? 이거 너무한 거 아냐? 이진이 작가는 대체 뭘 한 거야?!'

완벽한 병풍이었다. 그것도 욕만 잔뜩 먹게 초반에 몰래카메라로 이목까지 끌어놓고는 파트너 선정 때는 아예 화면에 얼굴만 비추고 있었다. 어이가 없어 이제는 화가 났다. 그렇다고 송지유가 보는 앞에서 화를 낼 수도 없어 현우는 속으로 화를 삼켰다.

그사이 무모한 형제들의 멤버들이 대대적으로 송지유에게 거절을 당하는 장면이 나왔다.

그리고 계속해서 송지유와 정훈민이 티격태격 하는 장면이 흘러나왔다. 무모한 형제들의 멤버들도 배꼽을 잡았고 제작진과 스탭들이 웃고 있는 장면도 화면으로 잡혔다.

"뭐야?"

현우가 두 눈을 크게 떴다. 미묘하게 달랐다. 지금까지의 흐름과 다르게 송지유와 정훈민이 나오는 장면은 눈을 뗄 수 없을 정도로 굉장히 스피드하게 흘러갔다.

무엇보다 화면이 오버랩되며 편집된 줄 알았던 장면들이 나오기 시작했다.

바로 정훈민이 송지유가 등장하는 장면에서 아무도 손을 대지 말라며 난리를 치는 장면이었다. 뒤이어 휴식 시간 때 정훈민이 세트에 숨어 몰래 송지유를 훔쳐보는 장면이 나왔다.

　송지유는 세트에 앉아서 멍을 때리고 있었는데 그 부분에서 현우는 물론이고 김은정과 다른 사람들도 웃음을 터뜨렸다.

　뒤이어 송지유가 마지막으로 남은 상황. 정훈민과 김민수가 초조한 얼굴로 송지유를 두고 쟁탈전을 벌이는 장면이 긴장감 있게 펼쳐졌다.

　결국 김민수가 탈락을 했다. 단 둘만 남은 상황에서 송지유와 정훈민이 치열한 심리전을 벌이며 밀고 당기기를 반복했다.

　그러다 정훈민이 포기를 하려는 순간, 송지유가 단독 원 샷으로 잡히며 방송에서 처음으로 미소를 지었다.

　[아저씨, 여기저기 구애하고 다니느라 고생했어요.]

　송지유가 꽃을 받고는 손수건으로 정훈민의 얼굴로 흘러내리는 땀까지 닦아주었다.

　단독 원 샷의 위력 탓인지 그 일련의 장면이 마치 드라마 같았다.

장지석의 마무리 멘트를 끝으로 방송이 끝이 났다.

"......"

3층 사무실로 침묵이 감돌았다. 10분이 조금 넘는 시간 동안 한바탕 폭풍이 휩쓸고 지나간 것 같았다.

드르륵. 드르륵. 고요함 속에서 자꾸만 전화가 울렸다. 핸드폰 배터리를 빼려던 현우가 결국 전화를 받았다. 어쩌다 보니 스피커폰이 되어버렸다.

―현우 씨. 어땠어요? 괜찮았어요?

"작가님, 이게 진짜 뭡니까?!"

현우가 버럭 소리를 지르자 다들 크게 놀랐다.

―네? 많이 화났어요? 그게… 어쩔 수가 없었어요. 조윤지 분량이 너무 많아서 저랑 승훈 씨가 최대한 머리를 짜낸 거라고요. 미안해요, 현우 씨. 지유 씨도 화 많이 났어요?

핸드폰 너머 이진이뿐만 아니라 모두가 숨을 죽인 채 현우의 눈치를 봤다.

"아닙니다! 두 시간 내내 사람 마음 졸이게 해놓고 마지막에 이런 식으로 대박을 터뜨리면 어떻게 합니까? 작가님, 혹시 천재세요? 네? 그런 겁니까?! 하하!"

―장난친 거였어요? 아! 현우 씨!

현우가 크게 웃기 시작했다. 핸드폰 너머 이진이도 웃기 시작했다. 김은정과 송지유를 시작으로 다들 얼굴 가득 웃음기가 어렸다.

　"승석이랑 나는 포털 위주로 볼 테니까 은정이랑 지유는 커뮤니티 반응 살펴봐! 빨리!"

　현우가 활짝 웃으며 말했다.

현우는 재빨리 포털 사이트들을 확인해 보았다.

무모한 형제들과 관련된 기사들이 빠르게 포털들을 장악해 가고 있었다.

[무모한 형제들의 야심찬 트로트 특집 첫 회 시청률 21.3%. 나쁘지 않은 출발?]

[조윤지와 주란미가 만났다! 전설과 대세의 만남! 트로트 특집 호평!]

[병풍 논란 정훈민이 달라졌다! 잠재력 폭발에 시청률도 동

반 상승!?]

[믿고 보는 무형들의 특집 프로젝트. 시청자는 즐겁다.]

무모한 형제들답게 주요 기사들마다 호평이 줄을 이었다. 하지만 송지유와 관련된 기사는 보이지 않았다.

"승석아. 지유 기사 찾았어?"

"아니. 아직 없어."

방송 말미 15분 동안 화면에 잡혔던 송지유는 그 누가 보더라도 흥미로웠고 매력적이었다.

현우의 입장에서 보면 방송의 대미를 장식했다고 해도 과언이 아닐 정도였다.

'연예계 기자들은 대체 뭐 하고 있는 거야? 일들 안 해?'

현우가 생각하기에 송지유는 긍정적으로나 부정적으로나 기사를 쓰기에는 제격이었다.

하지만 여전히 포털 사이트에선 송지유를 제외한 다른 출연자들의 기사만 쏟아내고 있었다.

결국 현우는 한발 물러서 무모한 형제들 갤러리를 찾았다.

조용했던 포털 사이트들과 달리 무모한 형제들 갤러리는 수없이 많은 글들이 올라오고 있었다.

12422 트로트 특집도 재미있을 듯. 나만 기대 중임?ㅋ

12427 여름 가요제만큼만 해주면 좋겠다. ㅎㅎ

12431 정훈민이 완전 재밌었어. ㅋㅋ 간만에 임청 웃었다. ㅋ

ㄴ근데 훈민이 형이랑 송지유 잘 어울리지 않았냐?

ㄴㅋㅋ송지유 조련술사 ㅋㅋ 완전 손바닥 위에 놓고 가지고 놀던데?

ㄴㅇㅇ 첨에는 그냥 말도 별로 없고 기대 안 했는데 송지유 괜찮았다. 신기한 캐릭터임.

12436 아까 송지유랑 같은 대학 다닌다는 놈 어디 갔냐? 물어볼 거 있다.

ㄴ봉고차 나와라.

ㄴ봉고차 어디 갔어? 질문 받아라!ㅋㅋㅋ

12339 봉고차다. 나도 방송 보고 놀랐어. 질문들 해봐.

ㄴ송지유 뜰 거 같은데 친하냐?

ㄴ아니, 안 친해. 친하게 지내고 싶다. 지금이라도. ㅎㅎ…

ㄴ학교에서 보면 사진 찍어서 올려줘. 부탁ㅋ

ㄴ알았어. 사진 올려준다.

12341 송지유 멍 때리기.jpg

ㄴㅋㅋㅋㅋㅋㅋㅋㅋㅋㅋㅋㅋ

ㄴㅋㅋㅋㅋㅋ

ㄴ이거 뭔데? ㅋㅋ 마리오네트냐?

ㄴ마리오네트래 ㅋㅋㅋ

ㄴ줄여서 송인형

ㄴ송인형 ㅋㅋㅋㅋㅋㅋ

12343 송지유 멍 때리기.gif

ㄴ안 움직이는데?

ㄴ????

ㄴ뒤에 봐봐. 스탭들은 움직임. 송지유만 계속 멍 때리는 거임.

ㄴㅋㅋㅋㅋㅋㅋ진짜네.

ㄴ미치겠다 ㅋㅋㅋㅋㅋㅋ송인형

12345 송지유 before & after

ㄴ멍 때리는 거 보다가 웃는 거 보니까 장난 아니네.

ㄴ와… 이건 빠져든다. 빠져들어…

ㄴ조온나 이쁘다.

ㄴ10분 넘게 이것만 보고 있음

ㄴ나도 이것만 보고 있어;;

12354 조련술사 송지유.jpg

ㄴㅋㅋㅋㅋㅋㅋ미친 이거 합성 누가 했냐? 장미꽃이 아니라 돼지
목줄이야ㅋㅋㅋㅋㅋ

ㄴㅋㅋㅋ

ㄴ상남자 훈민이 형이 ㅋㅋㅋㅋㅋㅋ

다행이었다. 무모한 형제들 갤러리에서 송지유의 반응은 폭발적이었다.

물론 수많은 커뮤니티 사이트들 중 한 곳에 불과했지만 이곳에 상주하고 있는 사람들이야말로 가장 중요한 알짜배기들이라 할 수 있었다.

"후우."

안도감에 한숨이 나왔다. 어느새 송지유도 현우 옆에서 무모한 형제들 갤러리에 올라오고 있는 글들을 하나하나 읽기 시작했다.

"저보고 마리오네트래요. 송… 인형? 조련술사는 또 뭐에요?"

송지유가 살짝 눈살을 찌푸렸다. 하지만 입가로 작은 미소가 지어져 있었다.

별명들이 꽤나 만족스러운 것 같았다.

"은정아. 다른 커뮤니티들 반응은 어때?"

"음. 직접 와서 보는 게 좋을 것 같아요."

"그래?"

현우는 서둘러 김은정과 함께 커뮤니티들을 살펴보기 시작했다.

살펴본 커뮤니티들은 총 6군데였다. 김은정이 직접적으로 말을 하지 않은 이유를 알 것 같았다.

커뮤니티마다 송지유를 두고 극과 극으로 반응이 엇갈렸다.

좋은 반응은 대부분 무모한 형제들과 비슷한 맥락이었다. 하지만 긍정적인 반응만큼이나 부정적인 반응도 장난이 아니었다.

주로 송지유의 성격과 무표정한 얼굴을 가지고 트집들을 잡고 있었다.

싸가지가 없다느니, 선배들 앞에서 안하무인이다, 불 여우 같다, 등의 온갖 인신공격이 넘쳐났다.

"표정이 왜 그래요? 그렇게 심해요?"

송지유가 노트북 화면을 들여다보며 물었다.

혹여나 송지유가 상처를 받을까 현우는 급히 인터넷 창을 내렸다.

하지만 송지유에게도 노트북은 있었다.

송지유가 커뮤니티 사이트들을 들여다보기 시작했다.

"안 보는 게 나을 텐데?"

"괜찮아요. 재밌네요, 여러모로."

"그, 그래?"

떨떠름한 현우와 달리 송지유는 입가에 미소까지 머금고 있었다. 지금까지 괜히 걱정을 했나 싶을 정도였다.

"현우야! 기사 떴어!"

오승석의 외침에 현우가 용수철처럼 자리에서 일어났다.

[정훈민의 파트너 송지유는 누구? 예상 못 한 조합에 화면은 고정!]

[신인 송지유. 남다른 예능 실력에도 커뮤니티마다 엇갈린 반응!?]

[트로트 소녀의 등장? 과연 노래 실력은?]

[제2의 고리 밴드 발굴? 새로운 스타 탄생? 아니면 미스 캐스팅?]

헤드라인에 뜬 기사들의 제목이었다. 현우가 습관적으로 이마를 짚었다.

제목만 보면 대체적으로 긍정적인 기사들이었다. 하지만 그 이면을 살펴보면 또 그렇지도 않았다.

다른 기사들은 그럭저럭 괜찮았다. 그런데 노래 실력에 고리 밴드까지 언급하고 있었다.

제목이 너무 자극적이었다.

이러한 제목들은 송지유에게 부정적인 반응을 보이고 있는 자들에겐 대형 떡밥이나 마찬가지였다.

[제2의 고리 밴드 발굴? 새로운 스타 탄생? 아니면 미스 캐

스팅?]

현우는 가장 자극적인 제목의 기사를 클릭했다.

현우의 뒤쪽으로 송지유를 비롯한 어울림의 식구들이 몰려들었다.

"이런 미친."

자극적인 제목대로였다. 거의 독후감 수준에 불과했지만 송지유를 고리 밴드와 비교를 하는 척하면서 은근히 돌려 까기를 하고 있었다.

특히 축제 동영상을 언급하는 부분이 절정이었다.

송지유는 축제 무대에서 유명 가수인 등려군의 월량대표아적심을 불러 화제가 되었다. 립싱크인지 아니면 라이브인지는 확실하지 않지만 송지유는 대단한 가창력을 가지고 있는 신인 가수임이 확실하다.

─고리 밴드랑 감히 비교를 한다고? 얼굴 하나 믿고?ㅋㅋ (공감412/비공감231)

─립싱크 주제에 고리 밴드에 들이대다니 ㅉㅉ (공감388/비공감255)

─립싱크인지 라이브인지 아직 모름. 다들 워워. (공감372/비공

감211)

　─예쁘고 독특하기도 하고 노래도 잘하는 거 같은데? (공감347/ 비공감144)

　상위권 댓글들이 엎치락뒤치락하며 치열하게 논쟁을 벌이고 있었다. 어느새 전체 댓글도 500개가 넘어가고 있었다.

　─송지유 뜰 것 같다. 나 거의 다 맞추는데 송지유는 가능성 있다.

　─마스크도 괜찮고 캐릭터도 좋은데 트로트 가수라며? 잘해 봐야, 조윤지급.

　─결국 아이돌이 짱이지. 걸즈파워나 세븐핑크보다 인기는 못 끈다.

　─축제 갔었는데 축제 동영상 그거 라이브입니다. 기사 믿지 마세요. 기레기예요.

　─립싱크일 확률 99% 요즘 축제에서 mr이랑 다 트는 거 모름?

　─립싱크라고 커뮤니티마다 이미 소문 돌고 있음. 송지유 ㅂㅇ ㅂㅇ

　─그 얼굴에 노래까지 잘 부르면 사기캐지. ㅋㅋ노래 못해도 봐주자.

　─얼굴만 반지르르한 거에서 끝.

ㄴ거울로 네 얼굴이나 봐.

─송지유 얼굴발. 무형발. 특집발.

─나는 괜찮던데? 악플 달지 말고 네들 인생이나 챙겨라

─싸가지 없는 년 재수 없어.

전체 댓글들 역시 갑론을박이 벌어지고 있었다. 현우는 신
문사와 기자의 이름을 눈으로 외웠다.

'이따위 기사를 쓴 곳이 고려일보라고 했지? 두고 보자.'

현우는 이를 갈았다.

고려일보는 예전부터 악성 기사를 쓰기로 유명한 언론사였
다.

오래전 지속적인 악성 댓글로 목숨을 끊은 여자 솔로 가
수도 거슬러 올라가 보면 그 시작은 고려일보에서 비롯되었
다.

만약 송지유 부분이 대거 편집이 됐다거나 이진이의 마법
같은 편집이 없었다면? 생각만 해도 아찔했다.

이 기사 하나에 송지유는 꽃을 피워보기도 전에 묻혀 버렸
을 것이다.

"현우 씨, 핸드폰이 계속 울리네요?"

"감사합니다, 선생님."

현우가 추향으로부터 핸드폰을 건네받았다. 확인을 해보니

부재중 전화도 수십 군데였고, 문자 메시지도 수십 개가 밀려 있었다.

대충 문자 내용들을 살펴보니 거의 대다수가 기자들이었다.

물론 그중에는 고려일보 소속 기자의 이름도 보였다. 문자 몇 개를 확인해 보았다.

예상대로 송지유와 인터뷰를 하고 싶다는 내용들 일색이었다.

'당연히 궁금하겠지. 자기네들이 봐도 범상치 않으니까. 근데 어떻게 내 연락처를 알아낸 거지?'

기자들의 정보력에 현우는 내심 놀랐다.

그렇다고 기자들 뜻대로 순순히 인터뷰를 할 생각은 전혀 없었다.

"인터뷰하는 거예요?"

때마침 뒤에서 송지유가 물었다. 현우는 고개를 저었다.

"아직은 생각 없어. 지금 인터뷰해 봤자 기자들 먹잇감만 되는 꼴이야. 차라리 잘됐어. 어쨌든 기자들이 너에 대한 관심도를 어마어마하게 올려놓은 셈이야. 이제 네가 무대 위의 주인공만 되면 모든 것들이 완벽할 거야."

현우는 자신했다.

트로트 특집은 이제 겨우 1회가 방송되었을 뿐이다. 아직 두 차례나 방송이 남아 있었다.

대중들이 알고 있는 송지유는 작은 점 하나에 불과하다.

그 작은 점이 점점 커져서 송지유의 본모습을 대중들이 눈으로 목도하는 순간, 수많은 의혹들은 찬사로 바뀔 것이다.

"촬영, 내일 모레라고 했지? 가서 본때를 보여주자고."

『내 손끝의 탑스타』 2권에 계속…

초대형 24시 만화방

신간 100%, 샤워실, 흡연실, 수면실(침대석), 커플석, 세탁기 완비

▪ 광명 광명사거리역점 ▪

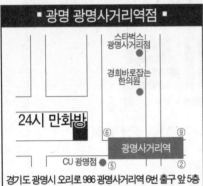

경기도 광명시 오리로 986 광명사거리역 6번 출구 앞 5층
02) 2625-9940 (솔목타워 5층)

▪ 강북 노원역점 ▪

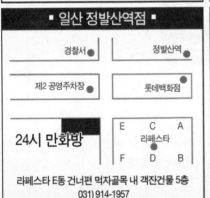

서울 노원구 상계동 340-6 노원역 1번 출구 앞 3층
02) 951-8324 (화용빌딩 3층)

▪ 일산 정발산역점 ▪

경찰서 · 정발산역
제2 공영주차장 · 롯데백화점

24시 만화방

E C A
라페스타
F D B

라페스타 E동 건너편 먹자골목 내 객잔건물 5층
031) 914-1957

▪ 일산 화정역점 ▪

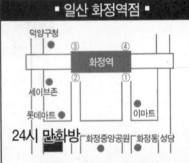

경기도 고양시 덕양구 화정동 984번지 서일빌딩 7층
031) 979-4874 (서일사우나 건물 7층)

▪ 부천 역곡역점 ▪

역곡남부역 기업은행 건물 3층
032) 665-5525

▪ 부평역점 ▪

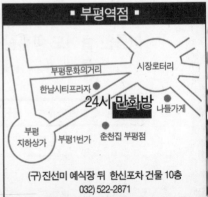

(구)진선미 예식장 뒤 한신포차 건물 10층
032) 522-2871